幻魔降世

Shaswahn Story Online II

奇蹟再現★你找到寶藏了嗎？

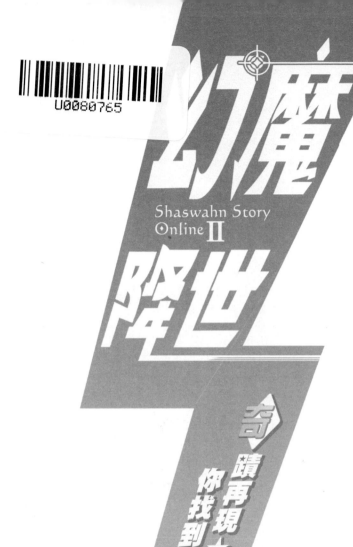

CONTENTS

給我最感謝的人：

那一天，您第一次來到病房，向我介紹您與哥哥的關係，其實我看得出來，您與哥哥的關係還稱不上融洽。

一個禮拜後，您帶著色彩繽紛的花束與哥哥一起再次來訪，那時的您和哥哥稍稍有了點默契。

兩個月後，您和哥哥一起到來，在哥哥替我整理好行李的同時，您將我抱到輪椅上，笑著對我訴說我將換到新醫院、去接受更好的照顧。那時，我知道您已經成為哥哥願意交談的對象。

您總是在我們兩兄妹需要幫忙的時候伸出手。

替哥哥開拓更遼闊的道路，讓他能站上更耀眼的舞臺；替我找尋更好的醫師，即使我的雙腳從未有過起色也不放棄。

您知道我們的過往，但在我們面前卻未曾提起過一個字眼，體諒我們想要遺忘過去的心情。

您當個傾聽者認真傾聽我與兄長的話語，訴說著體貼的鼓勵。

我很感謝您。

真的真的非常的感謝。

是您給了哥哥一條可以邁步向前的寬廣道路，讓曾經對大人失望的哥哥願意再抱持一點希望，願意再次重新嘗試去做他能做的事情。

我很感謝您。

因為您，讓哥哥能夠站上那片燦爛的舞臺，讓他有機會能夠將長久以來放在我身上的目光稍稍移開。

我心裡對您的深深感謝光是言語根本無法表達，只能用這封信來告訴您。

即便知道當這封信到達您手上的時候，您會有多麼的難受，但我還是希望您能原諒我對您提出的任性要求。

請您成為哥哥的支柱，替我照顧著哥哥。

我知道，給予我們無數支持的您一定能再次體諒。

▶▶Loading...

第一伺服器

有些事，不是人人都能做的！

煙花於空中綻放，刻劃出許許多多的碎星圖騰，歡悅的音樂從四座城門及中央鐘樓建築的大喇叭播放而出，無數彩色汽球飄往天空，七彩旗幟隨風搖擺。

這裡是中央城鎮「比例斯」，也是中央大陸「艾爾利帕安」裡擁有最多流通物資、是玩家們最大的交流聚集之地。目前比例斯正在舉辦一年一度的全域慶祝祭典，也就是號稱最胡來、最不正經的玩家競技比賽——第三屆創世競技大賽！

城裡聚集許多的攤販與人潮，人人手上拿著零食往嘴裡塞，目光卻移不開半空中的巨型螢幕，許多人更直接在城門口的空地席地而坐，直接把廣場當成露天電影院。

而眾人如此注目的原因，則是因為螢幕裡正在轉播的影像——中央競技場內已經進行到白熱化階段的A區第四場預賽爭鬥。

為自己支持的隊伍吶喊加油，光是場外就已經熱鬧沸騰，更別說是競技場內的主場觀眾席，人人熱血沸騰，更有人激動的揮手撒落一地爆米花。

場內此起彼落響起一致性的加油吶喊聲，但這些加油聲並不是因為砍砍殺殺的戰鬥而出現；朝著所有人的視線望去，只見寬廣遼闊的擂臺上方正綁著一條特別顯眼的白色大布，布條上用著紅色的狂草字體寫著「激鬥！霹靂滿江紅大胃王拚鬥殊死戰！」。

擂臺上放置五排長條桌，每桌各有八位參賽者，每個參賽者的桌上都堆滿了許許多多的空盤，有些參賽者正埋頭在食物堆裡奮戰，但有些參賽者卻已經宣告陣亡，被攙扶著退出擂臺，邊走還邊吐出一堆馬賽克物體。

「非常可惜，原本有機會摘冠，但『花漾之夜』的豆菜醬還是敵不過生鮮大龍盤的威力，在第七十九盤的時候宣告退戰，看起來生鮮大龍盤果真是強敵，許多人都敗在這盤料理上。」

穿著高衩泳裝、手持魔法棒的主持人傑森從胸前掏出一條手帕，擦拭掉為離場戰士落下的惋惜淚水，隨後手帕一甩，立刻換上興致高昂的表情興奮道：「在豆菜醬退場後，場內還剩下三名戰士，『B.D Speeding』的葉小喬邁向第七十八盤、『鳥人聯盟』的爪哇咖哩又舉手了，服務生遞上第六十六盤！」

「喔喔喔喔！還有還有，從一開場就以驚人速度豪邁吞掉整盤辣椒料理總匯，具有黑馬資質，『白羊之蹄』的水諸正邁向第七十九盤的生鮮大龍盤！」

空盤疊上旁邊的盤子小山，服務生端著直徑九十公分，盤面盛裝無數海鮮的豪華大拼盤放上水諸前方的桌面。水諸頭上的綠色亮字從「78」跳成「79」。

一張嘴塞得滿滿的水諸快速咀嚼，手也沒停的用叉子叉起盤面上的大龍蝦，在嘴裡的食物吞下肚時，叉子上的龍蝦緊接入口，即便舌尖已經對食物的味道麻痺，肚子撐到隆起一個明顯的弧度，水諸半刻也不敢停下。

坐在水諸側後方，身穿一襲綠色棉帛服飾的平頭男子在嚥下嘴裡的食物後突然狂拍胸口，隨即抓著脖子臉色鐵青的與椅子一同往旁邊倒下，發出碰的大響。

兩名穿著醫護裝的男女趕緊抬著擔架跑上擂臺。他們檢查了一下男子的狀況，朝傑森比了比不知在示意什麼的手勢之後，便抬著男子下了擂臺，幾名男男女女也趕緊跟在擔架旁一起離開了會場。

「非常可惜，爪哇咖哩因為噎到而無法再戰，場內只剩下兩名選手，『白羊之蹄』的水諸以及『B.D Speeding』的葉小喬，究竟這場殊死決戰會由哪一位獲勝呢？」

水諸瞥了眼左邊身穿武將服飾的女子，對方身材嬌小纖細，卻吞下了足足比自己體重重幾十倍的食物，他確實很訝異一個女生能吃到這種程度，但他可不能被嚇到，畢竟這場比賽只能靠他，他絕對不能辜負波雨羽對他的看重。

「不得了了，葉小喬突然加快速度邁入第七十九盤，追上水諸的盤數了！」

抓過再次遞上的盤子，葉小喬絲毫不顧形象，用叉子叉起海鮮就往嘴裡塞，一張嘴吃得鼓鼓的，和水諸的拚命程度是有過之而無不及。

她撇頭看向水諸，兩人視線恰巧對上，一條強力電流啪滋作響，在兩人間爆出火花。

「說什麼也不能輸給這隻（個）豬（沒形象的女人）！」

產生某種共同認知的兩人將視線重新轉回眼前的食物，誰也不讓誰，連食物都沒看清楚就拚命往嘴裡塞，最後乾脆連叉子都不用了，直接徒手抓。

盤子層層高疊，幾乎將兩人的身影都掩蓋住，只能看見他們頭上的數字不停增加。

傑森興致高昂的轉播戰況，兩人吃得毫無形象，使得觀眾席中幾位原本熱血加油的玩家臉色逐漸不佳，感到噁心的掩嘴衝出觀眾席。

大胃王比賽，果然不是人人都能當觀眾。

——不能輸、不能輸、不能輸……我絕對不能輸！

——從小到大我什麼事情都做不好、動作又慢吞吞，這是我唯一能做好的事情，說什麼也不能輸！

靠著毅力，水諸手指顫抖的抓起漢堡塞進嘴裡，味蕾麻痺，他早已感覺不到食物的味道，只體會到食物頻頻快要湧出喉嚨的痛苦，他趕緊掩住嘴，困難的將食物再次嚥下。

「胖豬，要是撐不下去就算了吧。」

浴血銀狐的聲音突然在腦海響起。

水諸撐起快閉合的雙眼，抬眼望去，只見其他夥伴正對他露出擔心的神情，波雨羽更是直接搖頭要他別再撐了。

眼眶有液體滾落而出，滴落在色彩鮮豔的菜葉上。

水諸邊吸鼻水，邊將嘴裡的食物吞下肚，用力抓起盤內的大把薯條再度往嘴裡送。

他不想認輸，就算不被看好，他也不想就此放棄。

他什麼才能都沒有，但波雨羽卻願意收留他，白羊之蹄裡也沒有任何一個人因為他的身材和溫吞動作而嘲笑他，這是個和現實完全不一樣的生活圈，讓他感覺到溫暖的「家」，他想要回報這些人。

——撐下去啊！水諸！如果連吃東西都輸人，那你還有什麼是能夠贏過別人的？你只能一輩子被人嘲笑，真的當個沒用的胖子！

水諸在心裡罵著自己，強迫自己苦撐下去。

「別再吃了，你真想在會場裡難看的吐出來嗎！」浴血銀狐語氣多了起伏的情緒。

「如果連這點事情都無法做到，那我就真的只能像現實一樣，當個沒用的胖子！」

將空盤疊上盤山，水諸發抖的舉起手，看著遞上的新料理，散發著濃濃香氣的咖哩飯，水諸拿起大湯匙舀起繼續往嘴裡塞。

「我不能輸，只有這場比賽，我一定要贏！」

浴血銀狐的眼神起了變化，看著場內拚命吃著食物的身影，手指微微縮緊，卻沒再傳出任何一句密語要水諸放棄比賽。

「蠢斃了，不過就是吃東西罷了……」很低很低的咬牙話語，只有浴血銀狐自己能聽見那隱藏的情緒。

水諸不再去看其他人，只專注在自己眼前的食物上，一口塞一口吞，眼裡滿滿的都是食物的影像；隔壁的葉小喬也是差不多情況，好幾次都差點把嘴裡的東西吐出來，但最後又硬吞回去。

——開什麼玩笑，要是輸給這隻豬，回去還不被大家笑死。

勝負心原本就極強的葉小喬看了一眼同伴所在的方向，她不知道那些人是怎麼想的，就算看不見他們的表情，但憑那支隊伍的作風，她也能猜到那些傢伙現在肯定是不看好她。

舉手叫來咖哩飯，葉小喬舀起一湯匙，看著食物上方飄散的熱霧氣，嗅見那濃濃的香料味，反胃的衝動又出現了。

葉小喬低下頭，死握著湯匙，拚命忍住喉頭快要翻湧而上的物體。

堅持一段時間後，手一鬆，湯匙摔落在盤邊，葉小喬雙手掩住嘴，一臉鐵青的衝下擂臺。

同時，傑森宣告：「比賽結束——」

「噹噹噹——！」

勝利的鐘聲響起，七彩聚光燈打在水諸身上，綁在半空的彩球從中破開，伴隨著一條用紅字寫著「賀喜！大胃王優勝！」的白色長布緩降，彩帶繽紛灑落。

傑森抓起水諸還握著一隻雞腿的手高舉起來，高聲宣布：「勝利者出現了！是『白羊之蹄』的水諸！」

水諸傻愣了好幾秒，等意識到自己已經獲得勝利之後，肚子原本撐到不行的飽足感一瞬間都消失了，一口氣吞下嘴裡咀嚼的食物，然後他高舉雙拳跪倒在地，發出雄壯的吼聲：「喔喔喔喔喔——！」

——阿母，我終於贏了，我吃東西沒有輸人啊！

水諸心中感到激動，第一次成功完成挑戰、贏得勝利的喜悅令他無法言語。

會場內外歡聲雷動，尤其是觀眾席上的白羊之蹄成員更是比所有人都要激動，不只抱住身旁的人又喊又跳，更有人感動到直接衝到欄杆前哭著大喊：「水諸，你是我的偶像！從今以後我要向你看齊，每天用二十五盤速食當午餐！」

「水諸，你超棒的！無底黑洞旋風波果然超噴發的讚啊！小黑桃神威萬歲！」天戀整個人站在座位上跳著鼓掌，開心的大喊著。

伽米加獸掌握拳，認同吼道：「水諸，你是男子漢中的男子漢！」

難得的，扉空沒有因為伽米加那幾乎可以震破耳膜的音量而對他白眼，反倒在幾秒後露出鬆了一口氣的表情。

「還好贏了。」

低聲輕喃被青玉聽見了。

青玉露出了笑，輕聲附和：「水諸本來就很厲害。」

這裡的每個人都有屬於自己的才能，只是他們常常會忘記自己所會的能力，卻羨慕別人所擁有的。而她，能夠看見每個人身上的光彩。

扉空一愣，望向青玉，微笑道：「說得也是。」

「那麼我正式宣布，第三屆創世大賽A區預賽第四場，『大胃王拚鬥殊死戰』由『白羊之蹄』的水諸獲得冠軍！從一開始的勢如破竹到最後的毫不妥協，水諸表現出了相當大的毅力，讓我們再次給予這位勇士熱烈的掌聲！」

隨著傑森的高聲宣布，在場的人群也再次給予鼓掌。

這是水諸從未感受過的榮耀。

他真的沒有辜負會長和大家的期待。

水諸轉身望向波雨羽一行人所在的方向，再用力朝觀眾席上的白羊之蹄成員開心揮手。

波雨羽對水諸豎起大拇指，帕帕高思、狂溯疾風、梅洛也對他認同的點頭。

眼眶一紅，水諸腳步跌撞的跑向夥伴所在的方向，哭喊著：「會長——」

一路奔跑到擂臺邊緣、跳下擂臺，還沒跑近隊友，卻先被一道從前方撲來的人影抱住，水諸的視線一瞬間被銀色髮絲占據，直到髮絲停垂在肩頭，他才突然發覺自己竟然被人抱住了。

若是其他男性隊友還說得過去，但抱住自己的人居然是……浴血銀狐！？

水諸一瞬間空目了，他連想都不敢想的畫面居然活生生的體驗了——他被女生抱了，而且還是平常除了對待天戀與青玉以外，總是冷臉滿身殺氣的浴血銀狐。

她、她該不會是因為剛剛他不聽她勸，還大聲向她反駁而在生氣，準備一刀抹了他的脖子吧！？

「做得好。」

始料未及的短短三個字，讓腦海原本波濤洶湧胡亂竄動人生跑馬燈的水諸呆愣住了。

浴血銀狐鬆開緊抱住水諸的手，往後退了一步，注視著面露驚訝的水諸，嘴角難得上揚。

「我對你刮目相看了，胖豬。」

風，一瞬間拂過耳梢。水諸從沒想過有一天會被比自己強悍數百倍的浴血銀狐如此稱讚，突然間，原本在自己印象中總是冷冷冰冰的臉變得多了些溫度，似乎還有點可愛。

被自己想法嚇到的水諸停下搔頭的手，不知所措的摸了下鼻子，眼神完全不敢繼續放在浴血銀狐身上。他從沒有一刻那麼慶幸自己長得皮粗肉厚，不然臉頰上一定會出現明顯的臊紅，要是讓浴血銀狐看到了可怎麼好。

好在浴血銀狐也沒再多說什麼，讓位給遞補上前的波雨羽。

「水諸。」

水諸停下揉鼻的手，愣愣的看向波雨羽。

只見波雨羽雙手放在他的肩膀上，用了點力道拍了拍他，點頭道：「還好有你。」

認同的話語又讓水諸再度紅了眼眶，眼淚、鼻水瞬間落下。他哭得稀里嘩啦，連腳步都站不穩而只能蹲著，哭泣聲中還夾雜了幾聲飽嗝。

一群人圍著水諸，安撫的拍拍水諸的背和肩膀。

在混亂中，傑森開始宣布整場A區預賽的成績排名。

巨大石板出現在擂臺中央，顯示著各隊伍在各場比賽所得的分數與積分：第三名的「晝夜城A隊」獲得積分十二分；名列第二的「白羊之蹄」獲得十五分；從開場到第四場結束都有相當亮眼成績的「白奪」不意外的保持第一名，奪得十六分的高分。

最後，前三名隊伍的名稱以及積分取代了石板上原有的分數表，傑森宣布：「讓我們恭喜以上三組：第一名擁有十六分高分的『白奪』，僅以一分之差位居第二名的『白羊之蹄』，以及在二、三場比賽中努力攀爬而上獲得十二分，位居第三名的『晝夜城A隊』！」

觀眾席上的白奪成員高舉公會旗幟，歡聲如雷，不停喊著「白奪」及參賽者名字的口號。

意外獲得第三名成績，在競技場外西廣場觀戰的晝夜城成員也發出興奮的尖叫，高唱著自家城歌慶祝。

白羊之蹄一群人一人一手拉炮，在拉炮「砰、砰、砰」的聲響中喊著「恭喜」，連平常小氣的愛瑪尼都大方發請飲料零食，看得出來白羊之蹄進入決賽讓他心情愉悅到不行。

「以上三組為A區預賽的優勝者，並獲得了參與決賽的資格。讓我們給予這三組，以及今天參與本賽程的各組玩家熱烈的掌聲！也感謝今天的三位評審。」

傑森話一說完，觀眾席立刻傳來叫好的鼓掌，還夾雜幾聲口哨。

位於看臺區的王者及左邊兩位男子與少女也跟著站起，對場內的所有人點頭致意。

未能進入決賽的參賽者雖然覺得難過，但是聽見這些鼓掌、看見觀眾們的熱情，也覺得沒有白費努力，和同伴互抱著安慰。

傑森向觀眾們揮手道：「那麼B區預賽將在明天舉行，歡迎各位繼續共襄盛舉！」

▲▲▲◎▼▼▼

「唔嗯——」

青玉舉手伸著懶腰，蓬鬆的松鼠尾巴隨著步伐輕微晃動。

天空已轉為夕暮，雖然今天的賽程已經結束了，但城內的活動卻沒有因此停止，反而越夜越熱鬧。

路上的街燈和沿街吊起的小花燈同時亮起，將城裡染上炫目的色澤，四周攤販也點亮小燈，更增添熱鬧氣氛。

白羊之蹄整團人一邊在東邊主道的商店街裡四處逛著，一邊覓食今晚的晚餐，也繞著參賽的波雨羽一行人嘰嘰喳喳訴說心裡的興奮及與有榮焉，尤其是水諸，更被好幾人請客，送上滿滿的攤販美食。

水諸雙手捧著平常自己愛吃的食物卻沒一點食欲，露出了憂鬱的神情。

大胃王比賽的後遺症果然不是人人都能承受。

浴血銀狐從水諸的食物堆裡抽走了兩支糖葫蘆，並在他眼前晃了晃，表示自己拿走了，隨後將其中一支遞給跟在自己身旁的天戀。

「謝了，狐狐。」天戀對浴血銀狐笑了笑，接著身子朝前傾，對著浴血銀狐隔壁的水諸晃著糖葫蘆，道：「水諸，這個就給我吃囉。」

手捧著食物的水諸側過頭，愣愣的點頭，「好。」

「謝囉！」

含著糖葫蘆，天戀快步跑到波雨羽身旁，加入了討論的人群。

浴血銀狐將糖葫蘆高舉，對上街燈的燈光，瞇起眼——透過糖漿去看，光線宛如分散成一顆顆的琉璃光珠。

突然，浴血銀狐注意到身旁的視線，頭都沒轉便直接問道：「看我做什麼？」

被抓包的水諸沒想到浴血銀狐的直覺會敏銳到這種地步，一時間慌了手腳，差點把食物脫手摔地。七手八腳的重新捧穩食物，水諸抿了抿唇，再度偷偷瞧了浴血銀狐一眼，對方依然還在看著糖葫蘆。

浴血銀狐的腳步瞬止，在毫無預警下轉過頭，直視水諸。

「所以，有什麼事？」

水諸趕緊搖搖頭，結巴道：「沒、沒什麼……」

浴血銀狐當然知道水諸絕對有話要說，但她並不是擅長和人談天論地說心事的那種人，既然水諸不說，那她也不會逼問。

咬下一顆糖葫蘆含在嘴裡，浴血銀狐邁步繼續前進，不再看水諸欲言又止的表情。

若是以前的她，肯定連讓對方開口的機會都沒有，直接用這雙手……

自己布滿複雜掌紋的掌心並沒有因為種族而覆蓋掉，依然和現實中一模一樣。這雙手，並沒有像這膚色般的潔淨，反而沾上了許多不論她如何洗都無法洗掉的深暗色澤。

然而，在不知不覺間她變了。

來到這個世界，她遇見了會長和天戀，還有這裡許許多多的人，他們讓她變得不會再去想要強迫洗淨那顏色，而是懂得去接納、去原諒，然後主動的和每個人真心相談。若是在現實的那個環境裡，這根本是不可能的事情，更別說今天她居然……

走回還在整理裝著食物的紙袋的水諸身旁，浴血銀狐輕聲道：「要是你以後想要死又不敢死的話，我可以免費助你一臂之力。」

水諸錯愕的望向浴血銀狐，怪叫：「咦咦咦咦——為、為什麼是幫助我自殺啊？等等，銀狐妳說清楚呀！」

有著羊駝臉的粉色棉花糖寵物葛格，跟著扉空的步伐一步步跳著前進。

青玉側身瞧向前方不遠處追著銀狐慢吞吞跑著的水諸，再看向身旁接過伽米加遞來的飲料的扉空，笑了。

「讓我喝一口。」握住扉空的手拉低高度，青玉含住吸管大口吸了一堆粉圓。

扉空趕緊停下腳步，輕聲囑咐：「慢點，別嗆到了。」

還好他們在隊伍的後端，後方並沒有跟著什麼人，突然停下腳步也不會有誰撞上。

咬著粉圓，青玉舔了舔殘留酸甜味道的嘴唇，將飲料塞回扉空的脣前，催促：「這不錯喝耶！哥哥，你也喝喝看。」

扉空眨眨眼，聽話的吸了一小口，眉頭突然蹙緊了一下，看起來是有些不習慣飲料的酸味。

端詳著手上用塑膠杯裝著，散發濃濃檸檬香氣的黃橙液體，扉空咋了嘴，下結論：「蜜絲茶比較好喝。」

青玉噗嗤的笑了。

「哥哥你這是在誇獎自己嗎？」

「那妳說——」扉空挑著眉，舉起手上的飲料晃了晃，問：「是這杯飲料好喝，還是我泡的蜜絲茶好喝？」

青玉一愣，大眼眨了眨，嘟起小嘴說：「誒，哥哥你太詐了吧，居然問我這種問題，當然是……好啦，是哥哥的蜜絲茶獲勝。」

回答，讓扉空不自覺的露出了笑。

看著扉空的笑容，青玉頭上的兩隻小耳抖了抖，十指反扣前舉，一步一頓的走著。

「不過，偶爾試試蜜絲茶以外的東西也不錯呀！我覺得這杯飲料很好喝，哥哥你應該也不討厭這口味吧。」

飲料的酸度有點壓過甜度，但他本來就不是愛吃甜食的人，況且檸檬的香氣很足，雖然不會到很喜歡的程度，可確實也不討厭偶爾來一杯這種水果飲料。

不需要開口，扉空的表情就讓青玉明白了他的想法，她笑了笑，指著已經將飲料吸到空杯，還發出呼嚕嚕聲音的伽米加。

「而且看得出來，米加哥應該很喜歡檸檬呦。」

被點名到，一直走在扉空旁邊的伽米加先是一頓，隨後將空杯隨手拋上空，在空杯變成資訊數據消失的同時笑著回答：「檸檬不錯呀，有很豐富的維他命C和美白功效，生病過後喝一杯有助於身體恢復健康。不過，撇開這些原本的營養素不說，我還滿喜歡它的酸味，以人的個性來形容……大概就是極致的不做作吧。」

說完，伽米加將獸掌偷偷移到扉空的後腦，意有所指的指了指。

看見伽米加的動作，青玉偷偷的笑了，點點頭，表示她懂。

而完全狀況外的扉空則是在發現青玉的笑聲後，納悶的詢問：「妳在笑什麼？」

伽米加早就將手縮回去了，左右張望的扉空怎麼也看不出青玉到底在笑什麼，最後只能眉頭深鎖，認真思考著這令他頭腦快打結的問題。

「我只是突然想到好笑的事情，沒有別的原因，哥哥你就別想了。」青玉笑嘻嘻的抱住扉空的手臂，指著右手邊的攤位，提議：「哥哥，我們去玩那個好不好？」

順著青玉手指的方向望去，扉空看見的是一攤用兩公尺長的長型鐵盆裝著水與彩色浮球的攤販，那是很古老的一種祭典遊戲——釣水球。

「走吧、走吧！」

不等扉空拒絕，青玉直接拉著扉空脫離隊伍來到攤販前。

「歡迎呦，一條釣繩只要五百創世幣，只要鉤子沒掉，不管釣上來幾顆都是你們的。」

坐在攤位內，身穿粉色蓬裙服飾的少女拿起一條用紙揉成細線般的釣繩熱情的解說著。一隻藍色小鯨魚在少女身旁游著，偶爾噴出彩色小噴泉，看起來應該是少女的寵物。

許許多多彩色圖樣的水球隨著水流漂動，青玉指著邊角其中一顆紅底白紋的水球，向扉空要求道：「我想要那一顆，釣給我好嗎？」

面對心愛妹妹的要求，扉空怎麼可能拒絕，他點了點頭，接過青玉移來的矮凳一起坐下。葛格也跟著跳到椅子邊窩著，一雙瞇瞇眼瞬間張成黑豆眼盯著扉空看，似乎對扉空準備進行的活動很感興趣。

用五百創世幣向少女換來釣繩後，扉空仔細的觀察了一下連接水球的橡皮筋所在處，小心翼翼的將鉤子靠近水面。

因為水流的關係，水球東漂西移，鉤子也變得不好控制方向，鉤子本來已經勾到橡皮筋的邊了，結果又因為球體的轉圈而溜走，扉空弄了許久，接綁鉤子的紙邊都弄溼了，看起來有些岌岌可危。

鉤子終於勾上了橡皮筋，扉空抿著脣，小心翼翼的緩慢上提。

水球隨著橡皮筋的拉扯而被提起，眼見就要離開水面，卻沒想到會在最後僅剩一公分的距離時脫落，鉤子和水球一起栽進水裡，撞起了小小的水花。

「可惜，就差一點！」不知何時來到的伽米加啃著香腸蹲在扉空身旁邊，他可惜的拍了一掌膝蓋。

扉空不甘心的看著脫鉤的紙繩，再遞出五百創世幣換來一條新的釣繩。

再次將鉤子靠近漂浮在水面的橡皮筋，扉空精神全專注在鉤子和水球上，就連伽米加也同樣專心，都忘了咀嚼嘴裡的香腸。

「哥哥。」

「什麼？」扉空隨口應了一聲。

「哥哥你……喜歡這個世界嗎？」

一心一意在釣水球上的扉空並沒有多做思考，未加思索的想法直接脫口而出：「嗯，很喜歡。」

——這才是哥哥你真心的想法，對吧？你也很喜歡《創世記典》，這座擁有美麗天空的世界，讓我們重新感受到已經被遺忘的自由。

「那，哥哥你找到寶藏了嗎？」

「寶藏……」

鉤子勾起橡皮筋，開始慢慢上提。

扉空繃緊神經，舔了下唇。伽米加也緊張的閉緊氣息，小聲的說了句：「慢點、慢點。」

青玉望著從自己有意識以來就存在於自己記憶中，與她相伴度過十六年時光的臉龐。

燈光映照，白皙的皮膚變得柔黃，不再是她曾經看過的冰冷，而是多了很多很多的溫度。

雖然她從未見過他對她有過任何冰冷態度。

雖然他每次都只將唯一的溫柔留給她。

雖然現在他的眼中已經不再只是注視著她。

但她想，也許……

青玉交叉靠在膝上的手掌微微縮緊。

「我想，現在就算我不在哥哥的身邊，哥哥也能自己過得很好。」

扉空詫異的看向青玉，突然之間，青玉的身影好像變成了閃爍的橫線粒子，像是收訊不穩的電視畫面，但他一眨眼，卻又正常如昔。

耳邊傳來東西落水聲與伽米加的大叫，嚇得扉空趕緊回頭，發現自己原本勾到的水球又脫鉤後，他完全忘了剛剛青玉所說的話語與一瞬間的異狀，滿心只剩懊惱的情緒。

「真是的，扉空你技術真差，換我來！」伽米加揮揮手要扉空讓位。

抓著已脫鉤的紙繩，扉空悶悶的坐上青玉笑著挪移出來的空位。

伽米加搓了搓手臂，捲起袖子，坐定位後用五百創世幣換來了一條釣繩，開始專注的將鉤子移往剛剛扉空挑戰兩次都失敗的水球。

或許真是技術之差，伽米加才下手沒幾秒，鉤子立刻就鉤上了橡皮筋，然後安安穩穩的將水球整顆提釣上來，全程一氣呵成，紙繩一分毫都沒有溼。

伽米加手指拉著橡皮筋將水球與鉤子分開，遞給扉空。

伽米加一臉驕傲道：「大師一出手，便知有沒有。來，誰要？」

「我！」開心的接過水球，青玉笑著向伽米加道謝：「謝謝，米加哥，你真厲害，可不可以也請你釣一顆給哥哥呢？」

「我不……」

不等扉空拒絕，伽米加直接拍胸脯，大方表示：「這有什麼問題！扉空，你要哪顆？」

人家都問了，現在拒絕好像也太慢了，何況就算他拒絕，伽米加應該也會硬釣一顆給他。

想了想，扉空指著靠近水池中央、黃底彩紋的水球道：「就那顆吧。」

「沒問題！」

一口答應，伽米加伸直手，將釣繩移往中央的水球上方，鉤子這次也非常順利的鉤上橡皮筋，不過一會兒，第二顆水球入手。

「吶，給。」

接過水球，扉空很納悶自己明顯比伽米加靈活的人類手指怎麼釣水球會連連失敗，而伽米加那雙只有爪子的獸掌卻一分鐘都不用就能釣起目標。

「那個，能教一下嗎？」

耳邊傳來悶悶的問話，不知道是不是自己聽錯，伽米加眨了眨眼，詢問：「什麼？」

扉空看了看在自己手上完全沒有立下任何功勞就報銷的兩條釣繩，深吸一口氣，指著伽米加手上釣了兩顆水球都沒溼紙的釣繩，遲疑的說：「釣水球，能教一下嗎？」

雖然不算低聲下氣，不過扉空的主動請教還是讓伽米加不可思議的瞪大眼，想說對方的腦袋是不是被置換了，但後來發現扉空是真的在等著他的回答，伽米加也不好再多想法子鬧他，爽快答應：「當然行。」

用五百創世幣再換來一條新釣繩，扉空專注的看著伽米加示範兼教學：「這跟撈魚一樣，你看，這條繩子是紙做的，要說韌性也是有的，不過就是要看準目標，直接一氣到底，忌諱慢慢來，因為時間越長，紙類所承受的壓力就越大，更別說這條紙只是輕微的綁住鉤子，一溼就掛了。吶，你自己再試試。」

扉空愣愣的點頭，將手上的水球交給青玉後，靠著伽米加剛剛的教學開始找目標下手。

「哥哥，加油喔。」青玉小聲的打氣。

「喔喔！真的是扉空哥哥、青玉姐姐和伽米加哥哥耶！」突然從伽米加背後探出頭的座敷童子咬著烤魷魚，好奇的盯著扉空手上的釣繩。

「座敷？杴木呢？」伽米加回頭左看右望，卻沒見到座敷童子的弟弟。

「他在前面那邊等冰淇淋，我先過來看看你們在做什麼。」

「我還以為你們明天才會回來，居然捨得和王者分開，你們不是很黏他？」

「王者哥哥他們也有自己的事情要忙呀，我和杴木已經長大了，我們是不會麻煩人的乖小孩。」似乎是想證明自己儼然是個小大人，座敷童子撐起尚未發育的胸脯，認真點頭，然後她發現扉空正認真的用那小小的鉤子勾撈著色彩繽紛的水球。

「嗯，你們在釣水球嗎？那我要綠色那顆！」

毫無猶豫，座敷童子直指水盆右邊角落的綠色水球，正在努力奮戰的扉空自然是不可能幫忙，於是水球達人伽米加再次出動。

沒多久，綠色水球入手，座敷童子喜孜孜的將水球掛在自己的手腕上，輕輕晃彈著，看得出來拿到想要的東西讓她很開心。

「座敷，叫妳等我一下妳居然給我先跑了，下次妳上廁所我也不等妳喔！」

抓著一支甜筒小跑到座敷童子身旁的枕木童子不滿的抱怨，隨後他也注意到了一群人正在玩樂的遊戲，和座敷童子如出一轍，他直接央求要水盆邊緣處的紅色水球，於是伽米加再次出動。

不負所望，水球依然輕鬆交到枕木童子手上。

兩個孩子開心到相互用水球碰撞著，不知不覺間，白羊之蹄分散的人群全集中到小小攤販周圍，釣水球釣上癮的伽米加有求必應，用一條小釣繩釣遍整個水盆，少女老闆都來不及灌球，只能用可憐兮兮的眼神請求這位神手繩下留情。

坐在矮凳上專注釣水球的扉空還在持續跟眼前僅剩一顆的水球奮鬥。

「可惡！明明都照方法做了，為什麼還釣不到！」

看來釣水球除了要有技術，還是得靠才能。

▸▸Loading...

第二伺服器

哥哥，請別哭泣……

「哎呀，真沒想到，伽米加居然是釣水球的天才呢！」

「沒錯、沒錯。哎呀，我以前和家人一起去老市集玩過，怎麼就沒這種技術呢？白白浪費了十幾條釣繩。伽米加，下次也教教我吧，至少以後逛市集有看到這遊戲就不會再白坑錢了。」

被眾人圍著你一言我一語稱讚的伽米加搔著頭，哈哈笑著說：「這有什麼問題，下次找時間我教你們。對了，還有誰沒拿到水球的？可以再找下一攤繼續。」

「好耶！那，伽米加，可以再釣給我們一人一顆嗎？」兩名手上已經各提一顆水球的女子開心的擠上前，合掌央求。

被美女要求，哪能拒絕呢？

伽米加爽快答應，握拳一舉，「當然，這有什麼問題！走，找下一家去。」

跟在嘻嘻鬧鬧起鬨的人群隊伍後方，扉空只能看著自己手上的水球鬱悶。

明明兩個人同時釣，他也按照伽米加的方法在試釣，誰知道伽米加已經把整盆的水球釣光光了，他卻還在跟那僅剩的一顆球奮戰，結果最後人手一顆水球的白羊之蹄全夥人都轉變成應援團替他喊加油。

好在他沒漏氣，在連續浪費了五條釣繩後，總算將那顆難纏的水球釣起，結果全體歡呼，搞得其他逛街的路人都往這裡瞧，弄得好像是發生什麼大事一樣，真是丟臉。

雖然說他釣是釣到了，不過心裡還是有些不是滋味，畢竟伽米加是將整盆水球釣光光，可他卻只釣到一顆，即便他是在學習受教沒錯，但輸給這獸人他怎麼想怎麼不開心。

「哥哥，你就別悶了，反正你也釣到啦！雖然速度真的和米加哥差很多，但釣起一顆也很厲害了呀！」青玉用自己的水球撞了撞扉空提著的黃色水球，安慰的說著。

看，居然連青玉都說他和伽米加的速度真的差很多，總覺得他原本在天秤上的價值好像下降了一個點，變成伽米加節節上升。

——不妙，真的不妙。

扉空的腦裡危機警鈴大響，他可不希望哪天在青玉心中，伽米加的地位勝過他。

肩膀被人一拍，扉空抬起眼，立刻就撞見了提著一顆彩色水球露出燦笑的波雨羽。

波雨羽滑著滑板緩慢的跟在扉空身旁，抓著綁著水球的橡皮筋小力的晃了晃，水球隨著他的動作小幅度的上下跳彈。

「扉空，謝囉。你唯一釣到的珍貴水球就讓我這珍貴的好友收下，剛剛好。」

波雨羽髮尾的羽毛隨著風吹而飄動，如同展翅雄鷹的尾羽。

剛剛在扉空釣起水球、全體歡呼的時候，波雨羽恰好擠進人群前端，二話不說直接取走水球要求扉空送給他，而自己本來就有一顆水球的扉空也沒多做猶豫就答應了。

現在拿到禮物的波雨羽看得出來心情很愉悅，一直把玩著手上的水球。畢竟，這可是他與睽違六年的好友相遇之後收到的第一份禮物，雖然是他自己要求的。

「青玉、青玉。」從隊伍最前方往回跑來的天戀一把拉住青玉的手，興奮的指著遠處某個點，道：「那裡有人在Cosplay耶！而且妳知道嗎？居然是直接現場變身成鋼彈啦！」說到激動處，天戀拍了下掌，看得出來她對於這類二次元產物直接晉升現場版很沒招架力，「走走走，陪我去看看！」

「咦！？但、但是……」

青玉看了一下扉空。

注意到青玉的猶豫，扉空露出微笑，輕聲道：「沒關係，和她去玩玩吧。」

扉空的回答讓青玉訝異，嘟著小嘴，再問：「真的？」

扉空點頭，「嗯。」

「喔喔，會長也聽到了喔！是哥哥自己說我可以離開他去玩的呦！」青玉開心的一手勾起天戀的手臂，另一手手指併攏靠在眉梢，探頭問道：「妳說的 Cosplay 在哪裡呀？」

「那裡那裡。」指著不遠處的燈光區，天戀向波雨羽及扉空說出「感謝將青玉讓給我，我會好好疼愛她」之類的話後，便拉著青玉朝剛剛所指的方向小跑而去。

「真意外，你居然會主動讓青玉離開你的視線。」

波雨羽傳來的話語讓扉空「咦」了聲，他納悶的皺起眉，似乎在思索波雨羽話裡的意思。

「你不會自己都沒自覺吧？」

「自覺……什麼？」

扉空愣愣的樣子讓波雨羽失笑，他搖了搖頭，說道：「從你來到公會的那時候開始，只要青玉從你眼前晃過，你就會一直盯著人家看，更別說知道她是你的妹妹後，簡直就是恨不得有另一雙眼睛可以隨時沾黏著她。」

「別把我說得像變態跟蹤狂似的。」扉空發出不滿的反駁。

他哪有那麼超過，呃……的確，他也不是沒有發現自己的目光常常會追隨著青玉轉，但那也是沒辦法，青玉跟他們不同，他一定要隨時看顧才行，更何況他一直以來就是看著她長大，習慣真的改不了，而他，也沒有想改變的欲望。

「跟蹤狂啊……啊嘶……確實有點像呢。」波雨羽摸著下巴，認同的點頭，隨後看見扉空殺氣騰騰的表情後，趕緊笑著晃手，搭上扉空的肩膀：「這是你自己說的呀！好啦，別這樣憋著一張臉，會浪費了這麼好看的種族。不過扉空，我真的很開心，你已經開始看見我們了。」

波雨羽講話有時候真的很讓他摸不清頭緒。

「我又不是瞎子，怎麼可能看不見。」扉空理所當然的皺眉回答。

波雨羽噗的笑了，直接抱住扉空笑著磨蹭，道：「朋友，你怎麼會那麼可愛，就可惜不是女的，不然我一定把你。」

扉空嘴角抽搐，直接一掌將波雨羽整張臉推開，冷冷道：「朋友，你怎麼會那麼變態，居然連這種話都說得出口，如果你是女的，我一定會躲你遠遠的。」

出乎意料的反嗆讓波雨羽先是一愣，隨後拍了掌大笑出聲，笑到連腰都直不起來，上氣不接下氣，最後還是扉空看不下去幫波雨羽拍背順氣才讓他好過些。

跟走的人潮其實都散得差不多，跑到附近的攤位各自玩樂去了，就連座敷童子和枚木童子這對雙胞胎也不知道又跑到哪裡去了。愛瑪尼則是從比賽結束後就跑去東城門的廣場擺攤了，更讓人意外的是荻莉麥亞居然也跟著去。

遠處傳來明顯的歡呼，看著那些眼熟的身影和他們手上越來越多的水球，不難猜測應該是伽米加引起的騷動。

「看起來大家都去玩了，我們兩個也去找點樂子吧。你還記得嗎？小時候我們一起玩過的……」波雨羽手指作勢捏住某樣東西，做出了扔擲動作。

「當然記得，射氣球，你老是吹噓自己是神射手，結果每次只破一顆。」

想起童年的回憶，扉空的嘴角不自覺的上揚，眼裡有著懷念。

自從離家後，這大概是他第一次如此坦然的回憶童年那段時光吧。

「誒，我本來就是神射手，只是剛好那天天時地利不合罷了，不信的話拚一場，讓你看看我這幾年修煉的成果。」波雨羽自信的抬高下巴。

「那也要有攤位可以讓你表現吧。」扉空無奈的搖搖頭，四處張望了下，一臉可惜的做出結論：「看起來這裡沒人擺射氣球的攤位。」

波雨羽咋舌，伸長脖子再次張望了一圈，吃的、喝的、玩的確實都有，但就是沒射氣球的攤販。眉頭一皺，波雨羽不滿的低喊了聲：「沒搞錯吧，連釣水球都有三、四攤了，射氣球居然一攤都沒擺。」

相較於波雨羽因為無法表現而扠腰抱怨，扉空倒顯得鬆了一口氣。畢竟他可沒忘記，以前波雨羽輸給他的時候，是怎樣拉著他不讓他走，不停的貢獻零用錢給攤主，也要硬拚到累積破球數比他多。

該怎麼說呢？

波雨羽這個人對於某些點的堅持很是奇妙又固執啊！今天若真的有射氣球讓他玩，要是結果不滿意，可不是只有花光積蓄那麼簡單，拖著他玩到創世大賽結束都有可能。

偷偷抹掉額間冒出的汗水，扉空再觀察了下其他的攤販，指著對街不遠處被七、八個人圍住觀看的地方——雖然被吵雜的交談聲蓋去不少，但還是可以聽見那處傳來的輕微音樂聲。

他提議：「既然沒有射氣球攤就算了，我們去那邊看看吧，不知道是不是在演奏樂器，有音樂聲呢。」

「喔？樂器嗎？」波雨羽平常也是喜歡跑唱片行的人，流行音樂和古典音樂都愛聽，既然有現場的音樂演奏，聽聽也無妨。

手搭上扉空的肩，波雨羽笑著道：「走，去聽聽吧。」

兩人一起朝向音樂傳來的所在之處走去，而葛格也緊跟在他們的腳步旁。

來到圍觀人潮處，扉空才終於看清楚剛剛聽見的樂音是什麼樂器發出來的。

那是一把與人同高的踏板金色豎琴，四十七條琴弦在纖細的手指撥弄下發出和鳴的單音與雙響，豎琴旁連接著一個白色的小音箱，讓彈奏出的美妙樂音足以令圍觀的人都聽見。

彈奏豎琴的是一名身穿翠綠色系禮服的少女，少女的長髮在腦後盤成髻，別著一朵漂亮的紅色薔薇，整體姿態優雅端莊，整幅畫面搭配那歷久不衰的古典樂曲就是賞心悅目。

弦線隨著彈奏而震動，樂音流暢得如同溪流的平水，少女手指靈活優雅的跳動，一曲奏畢，圍觀的人潮紛紛給予掌聲與叫好，就連扉空和波雨羽也給予了肯定的鼓掌。

身穿袍服的男子從旁走上前，開始向圍觀的人潮發著宣傳單，一邊說明：「謝謝，我們是新創立不久的公會『賽克里弦音』，本公會和以對戰理念為基礎的公會不同，歡迎熱愛音樂的同好們一起加入，切磋琴藝、交流互學。偶爾我們也會安排在各座大陸主城廣場進行公演，不管是想學音樂或是已經熟練樂器的人，只要對音樂有所熱愛，都歡迎加入！」

「原來公會還可以這樣使用……」扉空看著設計漂亮的傳單，微訝。

只有接觸過白羊之蹄的扉空還並不是很了解線上遊戲的公會制度，他一直都以為公會應該是一群喜歡線上遊戲的人相互討論任務的聚集地，如今才知道，原來還可以像現實世界的社團一樣使用。

「公會本來就會因創建人的想法而有所不同，不一定就只能討論遊戲內的事情，只要擁有相同的想法，加入那一個公會，就可以在公會領地一起做些符合公會理念的事情。像這樣音樂性質的公會在《創世記典》也不只有一個，其他還有舞蹈性質、研究性質、農業性質等公會。我的創會理念也不是專門用來討論遊戲內容或任務，而是想將公會作為一個等待朋友歸來的家，這點你知道的。」

包容的平和視線，是對於朋友始終如一的等待。

「我知道，謝謝。」

扉空知道波雨羽對自己有多看重，他不知道該如何表達自己心中那股複雜的情緒，當時對波雨羽的不告而別，還有一意孤行的離家，他開始質疑當初那股衝動的正確性，卻又無可奈何的無路回頭。

他唯一肯定的是，他付出努力看著碧琳成長，至少這一點可以安撫他慌亂的心。

只要碧琳能平安長大、恢復健康，他別無所求。

知道扉空在想些什麼，波雨羽將手搭上扉空的肩膀打斷他的思考，指著旁邊的攤販道：「好了，聽完音樂會，肚子也餓了，陪我去買盒炸豆腐吧。」

「炸豆腐？」

「對，走走走，別擋住人家收會員。」

波雨羽推著扉空離開人潮，才剛要往炸豆腐攤前進，沒想到對街會突然傳來喊聲。

「扉空！」

扉空循聲望去，看見的是領著一群手上掛著滿滿水球的白羊群眾，用著一臉剛做了大事的自信表情走來的伽米加。

從人群的縫隙中，他似乎看見了水球攤的老闆直接掛上「今日休攤」的板子。

——太誇張了，他到底怎麼弄的，弄到老闆乾脆直接收攤！？

扉空很想裝作不認識眼前這個弄到人家收攤，卻還一臉驕傲的獅獸人，偏偏波雨羽完全沒偵測到扉空的想法，直接上前端詳伽米加手上捧滿滿的水球，摸著下巴，嘖嘖稱奇：「收穫不錯嘛，伽米加你可真厲害，居然又入手這麼多，這次又只用一條釣繩？」

「我怎麼可能用到第二條呢。」伽米加挑眉，一副不可一世的模樣。

「會長，伽米加真的超厲害的，十秒一顆耶，你能想像嗎？十秒鐘就釣起一顆水球，一分鐘就釣起六顆了！你看，這麼多水球拿去送人，大家一定開心死了。」站在伽米加身旁，手上掛著近十顆水球、頭戴西瓜帽的少女興奮的講述，還不忘展現一下自己拿到的免費戰利品。

其他人也跟著附和，搞得伽米加鼻子越翹越高都快翹上天了，哈哈大笑的說乾脆繼續續攤，結果他視線一掃向左方，好幾公尺遠的水球攤老闆一注意到伽米加的目光，立刻掛上今日公休的牌子；視線再掃向右邊，僅剩的一家水球攤也立刻開始收凳子，打包走人。

「怎麼都收了……」伽米加自信的神色瞬間變失望，但沒過多久就恢復興致勃勃的模樣，聳聳肩道：「沒關係，明天再繼續也行。」

居然還想繼續，他看明天都沒人敢出來擺攤了。扉空白了眼，心想。

伽米加想起自己叫住對方的原因，挺起了胸膛，遞出水球，道：「對了，這個，因為釣了很多，給你們免費挑兩個，不用客氣。」

「那我就不客氣囉。」

波雨羽毫不猶豫的從水球堆裡抓出一紫一藍的水球，加上自己剛剛從扉空手上得到的，總共三顆水球在眼前轉著看，滿意的點頭。

伽米加繞過波雨羽來到扉空面前，示意換他挑選。

看著伽米加懷裡的水球堆，花了五百創世幣換來近八十顆水球，扉空突然同情起擺攤的老闆，遇上伽米加真是災禍。

「我就不用了，這顆就夠了。」

感覺多挑一顆，會有股同夥的罪惡感，他可不像伽米加臉皮厚。

「耶？我特地釣那麼多還讓你選耶，至少選一顆吧。」伽米加把水球往前移了些。

「才不要。」

「如果你是嫌一顆不夠，那湊一對討吉利，看看這顆紅色的，漂漂亮亮又圓滑，還有這顆綠色的也不錯，你看，還有笑臉耶。」伽米加極力推銷自家水球。

可惜扉空就是不賞臉，頭一轉就想去找青玉。

見人要跑了，伽米加趕緊追在後頭。

「不然你挑兩顆去送青玉，她應該會很開心。」

這次的提議總算讓扉空的腳步停下，偏頭思考。

剛剛青玉拿到水球確實是很開心，看起來是喜歡沒錯，那麼他多拿幾顆去送她，似乎不錯。

「那就挑兩顆。」

看來扉空是被說服了，轉身盯著伽米加手上的水球堆開始挑顏色。

「那顆、那顆，有翅膀圖案的那顆我覺得不錯，還有那顆笑臉的也可愛！喔喔，白色那顆也漂亮！」

球還沒挑到，扉空就被伽米加的插嘴弄得不耐煩，瞪了他一眼，「是你要水球，還是要送青玉？」

「青玉，送青玉。」伽米加立刻回答，抿了抿嘴，表示自己絕對不會再插話。

扉空瞧了乖乖挺直身子站著真的沒再多說一句的獸人一眼，才又繼續挑水球。

——青玉喜歡鮮豔的色彩，那……這顆白底彩紋和這顆綠底彩紋的應該不錯。

小心的從堆疊的水球堆裡拉出自己要的水球，扉空才剛要向伽米加道謝一聲，聲音卻一瞬間卡在喉嚨，他壓著突然發悶的胸口，咬牙屈膝。

「扉空！？」

水球啪啪啪的落地破碎，伽米加趕緊拉住差點跪倒的扉空。

發現異樣的波雨羽和其他人也趕緊圍上來，詢問發生了什麼事情。

「我也不知道，他就突然……」

波雨羽見情勢不對，趕緊彎下身，拍了拍扉空的臉頰，關心問道：「扉空、扉空，你怎麼了？還好嗎？」

那是種彷彿血管裡堵了什麼錐體物品的感覺，很刺、很痛，讓扉空近乎暈眩只能痛苦的閉上眼，努力想讓自己能夠吸進一口氣。

發現扉空張開嘴像是在大口吸氣般的行為，伽米加趕緊替扉空順順背，才終於讓那緊繃的表情鬆了些，緩了過來。

肺部重新吸進空氣，扉空拍拍胸口喘了喘，原本嗡嗡作響的耳膜逐漸聽見了四周的吵雜聲音，聽見了其他人的關切，聽見了……

「青玉！？妳、妳怎麼會……！？」

後方傳來了天戀的驚訝喊聲，扉空連想都沒多想就直接爬起轉身，腳步踉蹌的推開人群。

——不可以、不可以……

扉空壓著再度發悶、且越來越痛的胸口，朝聲音所在的方向跑去，直到推開最後一道人牆的同時，擁抱迎面而來。

扉空無法看見青玉的表情，只能聞到從她髮裡傳來的熟悉馨香。

「請別哭泣。」

低低的話語，是她對他的乞求與希望。

一瞬間，松鼠少女在眾人的面前毫無預警的如同被人砸壞的鏡子般，破碎消散。

那是夾雜著心碎的恐慌，扉空什麼話也說不出來，只能張著嘴，啞然的看著從自己懷裡向天飛去的數據。

——不可以、不可以！

「碧琳、碧琳——！」

▲▲▲◎▼▼▼

大螢幕裡的數據起了變化，坐在滾輪椅上的林月用腳尖頂了地，椅子轉了個圈，她面對前方的螢幕，露出愉悅的笑容。

林月手指在空中比劃了下，螢幕影像立刻轉變成那滿是玩偶的白色空間。

「母親。」抱著玩偶的機械孩童來到螢幕前，不解的看著林月饒富深意的微笑。

「ＡＲ，我們期待的時刻終於到了呢。」林月張開手，高聲歡呼：「我們的棋子馬上就會到來了。」

「犧牲品嗎？」

「對，沒錯，犧牲品。我們擊毀那些凶手的重要犧牲品。」林月紅色的脣角上揚成一抹扭曲的高度，本是性感的嘴脣令人不寒而慄，「他永遠都不會知道其實他誰都救不了，不管是他那可憐的妹妹，還是……只要帶入病毒，就會注定犧牲的自己……哎呀，好可憐、好可憐呢！」

雖然嘴裡說著同情話語，但林月興奮的笑容卻和話語內容完全不一樣。

ＡＲ藍色的寶石眼眸閃過一絲數據螢光，因為不明顯，所以林月並沒有發覺。

「當柳方紀發現自己創造的遊戲竟導致人命的失去，他會有什麼反應呢？噢，真期待！ＡＲ你也很期待，對吧？」

AR微微垂下眼，用著機械般的僵硬語調，說出了林月想聽的話語。

「是的，只要是母親的希望，就是Artemis的期待。」

「呵呵呵，很好很好，我的乖孩子。」林月露出了慈母般的神情，伸手觸碰那比自己大上無數倍的螢幕。

AR伏下身，讓自己的頭可以恰巧貼在林月的掌心上。

若沒有這層螢幕，這情景看起來就像是真的相處融洽的母子一樣。

「解除桑納先生他們的通訊干擾吧，現在已經沒有必要再阻止他與妹妹的相見了。然後，讓我們一起期待《創世記典》……還有柳方紀的末日。」

▲▲▲◎▼▼▼

扉空拚命的伸長手，但數據卻還是從指縫間溜走，什麼都握不到，什麼都無法抓住，扉空想追，卻被波雨羽和伽米加拉住了手。

眼見數據就要消逝，他只能慌亂的掙扎，嘶聲吼道：「不可以！妳不能就這樣離開！我為了妳連自由都不要了，妳怎麼可以就這樣放棄，妳答應過我的！答應過要一輩子陪伴在我身邊的！妳答應過的——」

「扉空，冷靜點，說不定青玉只是下線了而已。」嘴裡說出安撫，但波雨羽其實心裡很清楚，若是正常的下線方式，角色根本不可能以那種形式消逝，很有可能現實中的青玉發生了什麼事，逼得程式不得不中斷腦波的接輸。

扉空根本聽不進波雨羽的勸說，雙膝一軟跪倒在地，腦海裡全是剛剛青玉在自己懷裡破成碎片的模樣，他承受不住那股衝擊，只能抓著自己的頭又敲又打，希望能把那股彷彿即將要失去的恐懼敲跑。

他不想面對，但心裡卻又清晰的明白，他很清楚那根本就不是正常的下線，他的這股心痛……碧琳她……

「扉空，快去……快去看看……」

扉空轉頭，聽著從伽米加嘴裡欲言又止吐出的詞句，才突然醒悟。

「對……要快點……要快點去看看……醫院……快去醫院……」

零碎的喃語，扉空趕緊叫出面板下線。

他不能繼續待在這裡，他要快點去醫院確認碧琳平安無事，確認這只不過是機器故障，而不是碧琳真的出了什麼事情。

當扉空下線之後，伽米加也趕緊按下臂鐲上的寶石叫出面板。此時，波雨羽傳來的問話讓伽米加停下動作。

「伽米加，你和扉空……」

波雨羽很清楚，以扉空的個性根本不可能告訴線上網友關於現實中過多詳細的生活，而據他所知，伽米加與扉空不過就是遊戲中認識的朋友，為什麼伽米加會在剛剛脫口而出給扉空那一句提醒？若不是清楚扉空在現實的生活，根本不可能說出那句話，因為就連他也不知道扉空如此心慌的真正理由。

「是朋友。」

伽米加突然的回答讓波雨羽一愣，隨後他看見伽米加眼裡的複雜。

「只是……有些事情沒有坦白的朋友。波雨羽，我也不能在這裡耗時間，我也要快點過去那個地方才行，我要親眼確認……確認那兩個人平安無事。」

波雨羽還沒意會過來，就見伽米加按下下線鈕，從眾人面前離線而去。

伽米加和扉空、還有青玉，到底是什麼關係？

「會、會長，青玉他……還有扉空和伽米加是……？」同樣也看見青玉用毫無見過的狀態消失，以及扉空剛剛的失控，天戀不安的用手指摩娑著嘴脣，似乎對於突如其來發生的情況還無法吸收。

某些人上前抱了抱天戀，安撫她的情緒。

波雨羽按了按天戀的肩膀，示意她先別多做揣測，將情緒安定下來。

耳邊突然傳來訊息提示，波雨羽打開通訊面板，跳出來的螢幕裡顯現的是一名戴著黑框眼鏡的男子。

波雨羽趕緊退出人群來到一旁的空地，詫異輕喊：「方紀先生！？」

創世開發團的執行長柳方紀毫不拖泥帶水，劈頭就是一句話：「東方，我們查到與林月接觸的人是誰了。」

▲▲▲◎▼▼▼

心裡的不安隨著遊戲一起跟隨到現實。

黑暗的房間，大腦和身體還沒完全同步，在床上剛睜開眼的科斯特卻馬上想翻身下床，也因此腳步踉蹌的跌摔在地。

顧不得疼痛，一心一意全在可能會失去碧琳的恐慌中，科斯特趕緊抓著桌邊爬起，一把抓過桌上的手機和磁卡就往外衝去。

凌亂的穿上鞋子，連外套都忘記穿，科斯特衝出家門。

因為是深夜，公寓的走道都熄了主燈，只剩下電梯口的小燈在照明。

科斯特下意識望向石川的家門，腦袋一片空白的他只能順從本能去拍打石川的屋門板。

「石川、石川！」

許久，門內傳來開鎖聲，門板一打開，戴眼鏡、一臉睡意惺忪的石川連人都還沒有看清，科斯特就立刻撲上了他。

「石川，載我去醫院，快一點、快一點！」

「醫院？」好不容易將眼鏡戴正，石川雙手作勢推了推，「現在已經半夜了，醫院早過了探訪時間……」

「碧琳，我一定要去看碧琳！現在就要！」

被科斯特突如一吼的石川睡意瞬間嚇跑了一大半，也才發現科斯特的神情與平常不同，處於非常急躁不安的樣子。

——科斯特這樣堅持要去醫院，難道是小碧她……！？

被自己的想法嚇到的石川也跟著不安起來，他要科斯特待著等一下後，便趕緊回到屋內換上外出服。

石川拿起手機查看，但是並沒有醫院的來電顯示號碼。

照理來說，如果碧琳真有任何情況，醫院應該會打電話來通知他才對，但手機並沒有任何人打來，可是科斯特的不安不會沒有理由就突生……算了，為求心安，還是先去一趟醫院再說，就算是安科斯特、也安他的心。

認定想法後，石川來到玄關拿起車鑰匙，離開屋子，鎖上了門。

科斯特早已跑到電梯口，急切的按下下樓鈕，電梯上的顯示數字正向下跑動，當電梯門一打開，科斯特立刻衝進電梯裡，等石川也跟著進來後隨即按下「Ｂ１」鍵。

電梯裡安靜得只能聽見空調與呼吸的聲音，科斯特不安的掐緊手機。

——碧琳，妳沒事對吧？只是哥哥多想了對吧？

五指陷進髮絲裡，科斯特要努力克制才能不讓自己發狂，腦海裡全是剛剛在遊戲內、少女在自己懷裡破碎的畫面。他很清楚，那根本不是應該發生的情況。

「請別哭泣。」

暈眩感襲擊而來，科斯特趕緊抓住扶把才沒讓自己倒下去。

「科斯特！？」石川趕緊伸手穩住科斯特的身子，擔憂的抬頭望看電梯向下跑動的數字。

科斯特晃晃腦，靠著深吸氣來壓下那股支配自己四肢的恐懼感，在電梯門打開的一剎那，停著零散車輛的停車場映入眼簾。

「科斯特，你還好嗎？」

科斯特搖頭表示自己沒事後，便直朝著石川那輛銀色轎車的位置跑去。

石川快步跟上，在科斯特坐進副座的同時也一起坐進駕駛座。

寧靜的地下停車場響起引擎發動的聲音，車頭橘色大燈亮起。

拉起手煞車，油門一踩，隨著方向盤的盤轉，轎車駛離了停車位，沿著中央空路開上通往地面的上坡，離開了公寓。

▲▲▲◎▼▼▼

深夜，來往開駛的車輛並不多，整條馬路只有兩、三輛車經過，因此不用怕塞車問題，所以車速也比一般時候還要快上一些。

坐在副座的科斯特偶爾低頭看手機，有時又不安的摸著臉、摸著髮，幾分鐘就扔來一句「再快一點」。

石川也無法苛責要遵守交通規則的話語，只能盡量在安全範圍內加快車速。

突然，車內響起了熟悉的樂鈴，瞥了眼雙手交握到發抖的科斯特，石川戴上耳機接起電話，但說沒幾句臉色卻越來越凝重錯愕，直到電話掛上，他還不知道該怎麼接受這突然襲來的消息。

「是醫院打來的嗎？」

面對科斯特的提問，石川不知道該怎麼回答。

對方不說，科斯特乾脆自己抓過放置在插座上的手機翻看，石川想阻止都來不及，只能懊惱自己將手機放在科斯特容易拿到的位置。

「他們說了什麼！碧琳到底怎麼了？」科斯特急切的喊問。

還無法釐清思緒的石川實在是想不到有哪種較好的訴說方法，只能安撫著說：「你先別緊張，醫院就快到了，到醫院我們再好好弄清楚情況，沒事的。科斯特，先冷靜下來。」

石川的話不僅沒有辦法安撫科斯特，反而讓科斯特心裡不好的預感逐漸擴增，他真的無法想像自己居然得面對這一刻的發生，他發出如同哭泣般的低喃：「要是碧琳有個什麼該怎麼辦……我沒辦法失去她啊……」

「科斯特，你先別急，不會有事的，你得要相信才行。」石川一邊安撫科斯特，一邊注意車況。雖然話是這樣說，但其實石川心裡的不安早已擴增到與科斯特相同的程度，畢竟剛剛那通電話匯報的並不只是小狀況那麼簡單，可那樣的情況他真的不知道該如何對這孩子開口。

一個大轉彎，轎車駛進醫院的入口車道，停駛在急診出入口前。

科斯特慌忙下車。

「科斯特！」

跑沒幾步的科斯特回過頭，只見石川側身靠在拉下的車窗旁，囑咐道：「你先進去，我停好車之後馬上就去跟你會合。記住，在我到之前不管聽見什麼樣的消息都別衝動，明白嗎？」

科斯特閉著眼，困難的點了頭，轉身跑進醫院。

看著跑走的背影，石川只能祈禱對方在他到達之前真能保持理智，不要因為聽見那消息而做出衝動之舉。

深夜的醫院除了急診入口的處理大廳，其餘樓層都熄燈休息拒絕訪客，若有急事想探訪只能從這邊進入。

一進入急診大廳，科斯特四處張望，在看見櫃檯的方向後就立刻衝上前，慌張詢問：「碧琳……我是碧琳．桑納的家屬，她……」

「科斯特先生！？」

身側傳來急切的喊聲，科斯特轉頭一看，是見過好幾次面、專門照顧碧琳的護士。

「您終於來了，我打了好幾通電話，您怎麼都沒接呢？」

科斯特呆愣的搖頭，「我、我根本沒接到醫院的電話……」

聽見回答，護士也愣了一下，隨後想起自己來這裡等待對方的原因，趕緊領著科斯特從右方的走道快步走去。

「科斯特先生，今天早上碧琳有輕微發燒的現象，檢查之後發現是器官衰竭引發的症狀，我們一直聯絡您和石川先生，但你們的電話一直聯繫不上，本來傍晚的時候狀況已經穩定下來了，但就在剛剛……」

心臟不安的狂跳，力道大到彷彿就在耳膜邊跳動，科斯特只能看著護士一字一句說出話語，一切突然變得緩慢。

「碧琳的狀況突然加速惡化，引起突發性休克，現在醫生正在搶救，請您快點到急診室去。」

腳步一瞬間不穩，科斯特跌坐在地。

「科斯特先生！？」護士趕緊停下腳步回跑到科斯特身旁，幫忙扶起腳步癱軟的少年。

科斯特不知所措的抹著脣，就連吸進一口氣都覺得困難，暈眩感再度衝擊腦部，雙眼映上無法置信的茫然。他在護士的攙扶下費了好大的力氣才重新站起，一跌一撞的往急診室跑去。

坐在急診室前的座椅上，科斯特雙手相互緊握，像是要掐出血般的在掌背留下深紅的指痕。

他不該輕忽大意的，他應該要在拍完戲之後就趕過來看她，即使時間再晚、即使他再累，他也不該讓她有任何一絲離開他視線的機會，他應該要看出她眼裡藏著的謊言，那麼現在也不會變成這樣！都怪他，他是個失敗的哥哥，他居然連唯一的妹妹都沒能保護好！

急切的腳步從彎處轉進，停止在走道的入口。

科斯特抬頭望去，在昏暗的燈光下，映入眼簾的身影讓他無法理解。

——為、為什麼他會在這裡？

夜景項對上科斯特質疑的視線，起先是撇開了眼，在將近一分鐘的沉寂之後才重新邁開步伐，他來到科斯特面前，詢問：「碧琳她……怎麼樣了？」

科斯特露出詫異的眼神。

——夜景項為何會在這時間來到這裡？

——為什麼他會知道碧琳的狀況出了問題？

總總疑問在科斯特腦海裡徘徊，卻又擠進無數的過往。

從小到大，從離家到現在，對於在自己、在碧琳身上落下的總總不公平，就像小小的盒子硬擠進無數的雜物，讓他難受，腦袋混亂到無法維持理性。

科斯特的無所反應讓夜景項有些不知所措，他不知道該用什麼話語來安慰，只能盡量找尋適當的詞句：「你……先別擔心，也許……」

搭上科斯特肩膀的手被用力打掉，那是比當初在茶水間拒絕他觸碰時還要更強勁的力道，包含著深深的恨意。

夜景項連反應都來不及，只能看著科斯特突然抓狂撲來。領子被狠狠扯緊，背部撞上牆面，明明該反制，但夜景項卻動不了，只能看著那雙漂亮的碧色眼眸被陰影遮蔽，如同一隻發狂的野獸。

「也許什麼？也許這只是一場夢？還是說現在正在急診室裡被搶救的人不是碧琳！」

科斯特指著急診室緊閉的門扉，長久以來的壓力潰堤，他明知道眼前的人並不是他記憶中的傷害者，卻還是無法阻止自己的失控，只能宣洩的控訴：「你知道她才幾歲嗎？她才十六歲啊！明明是該跟朋友一起上學、玩樂的年紀，她卻得……卻得一直待在醫院裡，她連走都走不了，只能靠著我或是其他人，或是……那一張輪椅，才能離開病房，現在……」

科斯特忍住哽咽，紅著眼眶怒吼：「她居然得躺在急診室裡遭受這種痛苦！開什麼玩笑！」

被科斯特的低吼嚇到的夜景項一頓，垂下眼瞼。

他知道科斯特有多看重碧琳，所以他沒辦法推開這陷入瘋狂的少年，只能在深吸氣之後盡量安撫對方：「我知道，你先……」

「你知道什麼？你什麼都不知道！」

科斯特拉扯著夜景項的領子，如此近的距離讓夜景項的眼眸裡倒映著被憤怒支配的身影。

科斯特看不見那雙眼中的自己，夜景項也不知道該如何才能讓對方冷靜下來，只能任由科斯特將憤怒宣洩在自己身上。

「若不是你們這些大人，任意妄為的支配別人的人生，我們根本不用變成這樣。」

咬牙的話語，是潛藏許久的恨意。

傷有多深，恨就有多重，尤其是原本無比尊敬的人變成加害者的時候，根本就無法遺忘那股傷痛。

「我不用在外面受其他人的欺侮、受盡委屈，碧琳也不會失去她的雙腳，到現在躺在裡面連能不能救活都不知道！」

那孩子已經遭受了那麼多的苦痛，為什麼現在還得接受這樣的命運？她連夢想都還沒去追，連靠自己的雙腳站起都還沒做到，她怎麼能……

視線捕捉到一枚閃爍。被扯得凌亂的白色領子裡，銀白的圖騰燙進了科斯特憤怒的眼眸裡，一瞬間怒火被熨滅。

科斯特難以置信的向後一退，鬆開了手。

「怎麼會……？」

如同下墜火焰的圖騰銀飾，眼熟刺眼。

「為了可以隨時隨地記得，我在這裡請商店仿製的。曾經有個重要的人，這是她送給我的唯一的珍貴禮物。」

自始至終，他只在伽米加身上看見過的物品，如今卻在夜景項身上看見，這代表著什麼？

「扉空，快去……快去看看……」

那時伽米加的話語點醒他前往醫院，為什麼……伽米加當時會要他快點去醫院？

「伽……米加？」

科斯特試探性的詢問，因為夜景項眼中的訝異和隨即欲開口的反應得到解答。

「你早就知道了吧……知道扉空就是我，對吧。」

面對質詢，夜景項說不出一句話，只能困難的點頭。

結果從頭到尾他的人生從未自己掌控過，被人當成戲弄玩耍的對象，在他開始付出真心的同時，卻又讓他發現自己其實非常可笑。

科斯特跌坐在地，將臉埋進雙掌裡。他真的不知道該相信什麼了，如果說連從一開始認識的伽米加都隱藏著謊言，那麼他所認識的其他人……會不會也……

「科斯特，我真的……」

「騙子。」

冰冷的話語讓夜景項想上前的腳步停滯，只能呆愣的看著對他說出指責言詞的科斯特。

「你們這些滿口謊言的騙子！全都一模一樣！」

激動控訴，科斯特壓著發疼的腦袋，死瞪著前方的男子。

不管是那個人還是夜景項，都是一樣。在讓他付出希望與期待後，卻又讓他發現他們的欺騙，全都是因為這些大人，這些自以為是、將別人的人生任意操控玩耍的大人，他和碧琳……才會變成現在的淒慘模樣。

手指觸碰到口袋裡突起的物體，科斯特突然頓愣，緩慢的掏出口袋內的物品——當初被他隨手塞進口袋卻早已遺忘的……林月的名片。

不，其實從一開始他該怪的並不是別人，而是他自己才對。

「是我猶豫了，所以碧琳才會變成現在這樣……錯的是我，是我不該猶豫……不該妄想兩邊都留住……」發抖的將掌心的名片靠在額頭，科斯特聲音哽咽。

——全都是我的錯，是我害了碧琳。

科斯特的失控狀況讓夜景項感到不對勁，直覺告訴他不論如何絕對不能就這樣放著科斯特不管，但夜景項才剛跨步，科斯特卻用更快的速度站起，抓過遺落在椅子上的手機。

「別怕，碧琳，哥哥會保護妳，不管付出什麼代價哥哥都會救妳，所以……」

眺望門扉上的紅色亮燈，科斯特低聲乞求：「拜託妳，活下去。」

握緊掌心的名片，科斯特轉身衝出走道。

「科斯特！」

手指從袖間擦過，撈空的手掌讓夜景項錯愕，咬了咬牙，他趕緊追著跑。

「科斯特！」

夜景項喊著，但前方的人卻完全沒停腳步。

一名護士突然從旁走出，讓夜景項剎住了步伐免去撞上的危機，而被夜景項嚇到的護士則是往後一退掉了文件。

護士回神後，彎腰撿起地上的文件，皺眉斥責：「麻煩請別在醫院內奔跑，很危險，還有這時間禁止大聲喧譁，會吵到其他病人的。」

夜景項慌張的道了聲歉，趕緊繞過護士跑出急診出入口，沒想到科斯特竟已不見人影。

夜景項焦躁的左看右望，靠著微弱路燈照亮的車路、走道，空無一人。

一陣無力，夜景項往後跌靠在牆面。

他從沒想過會有那麼一天，被科斯特指責是騙子，他是真的單純的想和他成為朋友，即便後來因為和碧琳見面，讓他意外發現原來科斯特就是扉空後，他也從未改變過想法，他從沒想過要欺騙他。

但沒想到，他卻還是變成了欺騙者。和那時一樣，被友人控訴一樣的指責。

「阿項，你這個騙子，你明明就答應過我不會和我爭小鳳！」

久違的記憶竄進腦海，夜景項痛苦的閉上眼。

他真的……真的從沒想過要欺騙誰，但是為什麼，不管是過往或是至今的朋友，都對他做出了「騙子」的控訴……

——不可以，夜景項你別再想了，你現在該做的不是被這些該死的負面情緒絆住腳，現在這種時刻科斯特那樣急忙的樣子是想去哪裡？

那樣堅定決絕的樣子，科斯特到底想做什麼？

還有他剛剛手裡握著的東西……

——可千萬別做傻事啊，科斯特！

夜景項第一次感到前所未有的焦躁不安。

►►Loading...

第三伺服器

對不起，我真的沒有別的選擇。

空無一人的街上，科斯特站在路燈下按照名片上的號碼撥打電話，沒幾聲響，電話很快的就被接起。

「……我……」

「喔，是科斯特先生吧？」

熟悉的女性聲音未問先答，像是早就知道科斯特會打這一通電話。

科斯特雖然心有不安，但想到還在急救的碧琳，也只能壓下那股忐忑，回答：「是我，妳之前跟我提過，只要我將妳要求的東西帶進去《創世記典》，妳就能救碧琳，這是真的嗎？」

「當然，我不會讓別人做白工，只要科斯特先生你替我做到這件事情，我保證你的妹妹以後就不用再為無法行走的雙腳而困擾，一定可以健健康康。」

「我答應妳，但妳也要遵守妳說過的承諾！」

「只要你成功的將東西帶進去，我一定遵守約定。」

「好，我要去哪裡找妳？」

「噢，不用那麼麻煩，就約在你所住的公寓前面見吧。記得，帶上你的設備。」

通話斷訊，科斯特回頭眺望遠處的建築。

屋頂的紅光閃爍，就像是林月身上的鮮豔色調，宛如毒蛇般的眼。

他不知道自己的選擇是對是錯，但卻是現在的他唯一能走的路。若是失去碧琳，就算他擁有那座令他重新感覺到自由的世界也沒用。

緊握手機靠在胸前，科斯特痛苦低求：「碧琳，哥哥什麼都可以失去，唯獨不能失去妳，所以拜託妳，別離開我……不要拋下我離去……」

碧色的眼眸抬起，科斯特抹去差點落出眼眶的液體，朝公寓的方向跑去。

▲▲▲◎▼▼▼

「嗨～科斯特先生。」

靠在牆邊的人影舉起手，愉快的打了聲招呼。

相較於林月的輕鬆，科斯特卻是一臉緊繃，捧著自己的設備來到林月面前。

「誒，別繃著個臉嘛，我答應你的事情一定會做到。想想，你妹妹這次是生是死，就看你的決定囉。」

科斯特訝異的望向林月。為什麼她會知道碧琳現在正在……

「覺得很驚訝嗎?掌握一些狀況對我來說並不困難，也是必須的，這只是為了預防一些突發狀況發生。」林月無所謂的聳了聳肩，「不過當然，若是你現在改變主意那也沒有關係，只不過我們的協議就只能宣告破局。」

看他是想打退堂鼓，還是要為了心愛的妹妹不顧一切。

像是在壓抑什麼般的咬著唇，科斯特深吸一口氣，低聲道：「我會做到，而妳，也必須做到。」

「當然沒問題！我最守信用了！那麼，請將你的設備交給我吧。」

內心思緒複雜，然而，科斯特還是遞出了設備。

林月脣角上揚，從自己的口袋裡拿出一個約三公分長寬的小扁盒，再從扁盒裡拿出一塊小晶片。從科斯特手上接過黑色電子錶，林月將晶片插入電子錶側邊的凹槽，幾秒後，電子錶傳來提示聲響，錶面顯示出「The installation is completed」的句子。

沒過多久，句子消失，日期天氣顯示又重新出現在錶面。

「OK，這樣就行了。」林月哼著輕鬆旋律，將電子錶遞回給科斯特，交代道：「記住，你進入《創世記典》之後，可以在裝備欄裡找到名稱為『M77』的物品，把那個東西放置在《創世記典》的世界中央點，再對跑出來的視窗按下執行指令就可以了，非常的簡單。若你不確定中央點在哪裡，我記得裡面應該有座標搜尋系統吧，你就搜尋『A, 255, 255』，按照地圖所指示的點去找，就能找到了。」

「那麼……」林月露出邪佞的笑容，手指比劃似的轉了轉圈，挑眉道：「我期待你的好消息，祝你好運，科斯特先生。」

紅色的高跟鞋原地一轉，白袍隨著林月的轉身旋然飄起，如同一隻在暗夜之中飛舞的蝴蝶。只可惜，在那美麗的表象下卻是隻致命毒蛾。

林月坐進黑色轎車的駕駛座，車門關上，轎車車燈一亮，在科斯特的目送下轎車駛進車道，消失於夜幕遠端。

吐了口氣，科斯特看著自己懷中的設備，甩掉腦海再度冒出的猶豫，轉身跑回公寓大樓。

戴上電子錶的指尖是發抖的，科斯特費了很大的心力才沒將設備摔在地上。

他知道他接下來要做的事情並不正當，一定會替自己惹來很大的禍端，但他無從選擇。

抿住嘴唇只為了遏止那從心裡不斷竄出的寒意，科斯特努力維持腳步的平穩，不讓自己在爬上床鋪之前就軟腳。

手機鈴響，科斯特順著落地窗望向那道身影所在的方向，再回頭看了眼桌上的手機，他來到桌前，看著螢幕所顯示的熟悉號碼，直接關機。

心頭亂成一團，科斯特已經分不清什麼是對、什麼是錯，只能說出這一句話——

「對不起，我真的沒有別的選擇。」

深深的呼吸著，扉空戴上遊戲設備，在床鋪上躺下，電子錶的規律數鈴開始響起，直到第十二響，「Game Start！」顯示於錶面。

▲▲▲◎▼▼▼

以扉空的身分重新出現在中央城鎮，但城裡的道路卻沒他剛剛所見的那麼熱鬧，不只少了許多攤販，位置也不太一樣，就連白羊之蹄的人也不知道跑到哪裡去了。

天空有些近白，看起來像是快要天亮的樣子。

現實的時間與遊戲的時間是1:12，扉空在現實中雖然只耗去兩個小時，但是遊戲裡卻已過了一天。

滿腦子都是林月交代的事情，扉空無暇去看管時間的變化。

也許波雨羽他們回公會去了，又也許因為剛剛的突發狀況現在正在某處商議，但不管是哪項原因，扉空慶幸他所熟識的那些人並不在此處，不會看見他接下來的行動。

他知道自己不能再繼續消耗時間，只要早一步結束，碧琳就能早一步脫離痛苦。

打開座標搜尋系統，扉空輸入林月告訴他的座標碼並按下搜尋，地圖很快就顯示了定位點。紅色角錐顯示的地方，正是中央競技場。

剛剛才一起在那裡度過——波雨羽他們努力比賽，和碧琳還有其他人一同在觀眾席喝采的記憶在扉空的腦海湧現，但他只能用力壓下心頭那股酸楚，靠著深呼吸來讓自己定下心神，邁開步伐朝競技場的方向跑去。

中央競技場並沒有限制玩家出入的規則，也沒有看管的NPC，除了創世大賽舉行的時段，平常都是開放給玩家相約對戰使用，所以玩家可以自由的進出。

跑過入口的雕花拱門，扉空站上寬廣遼闊的擂臺。

在觀眾席上觀看的時候他並沒有特別的感覺，只覺得是個很大的地方，但現在自己就站在場地中央，放眼望去卻有種壯闊摸不著邊的視感。

扉空一步步順著地圖的指引來到擂臺的正中央，四方形的石磚與周遭無異。地圖顯示的地點就是這裡，只要把林月交代的東西放在這面地磚上，碧琳就會得救，不必再繼續遭受那些痛。

——只要把東西……

扉空的胸口怦怦怦跳動得激烈，他手指用力壓住跳得過快的心胸，那股震動卻大到幾乎令手指發麻。他低喘著，連膝蓋都好像麻痺了。

一路跟隨的葛格站在扉空腳邊，不解的望著主人臉上帶有的複雜情緒，小小的「啾」了聲，但扉空並沒有理會它。

努力克制手指的發抖，按下手鐲上的寶石，裝備欄顯現在面前，扉空翻看著，終於在最後一頁找到林月所說的物品。

點選那顯示著方形物品的圖樣，面板一瞬間關閉，取而代之的是一個金色鏤框的小型寶箱靜放於掌上。

箱子的釦鎖自動彈開。

遲疑之後，扉空還是打開了箱蓋，映入眼簾的是一顆祖母綠色彩的透明寶石。

將寶石拿出，扉空蹲下身正要將寶石放在地磚上時，意想不到的聲音竟在身後出現。

「你在做什麼？」

扉空錯愕回頭。

「波、波雨羽……!?」

波雨羽沒有剛剛相處時的開心燦笑，只有皺眉緊蹙的凝重神情。

扉空順著波雨羽的視線望回己身，落下的點是自己手上那顆微微閃著光的寶石。

「那個東西，是什麼？」

鷹族的眼，讓扉空一瞬間突然有種被看透的感覺。他視線飄移，不敢對上昔日友人的質詢。

「科斯特，你現在，想要做什麼?」

波雨羽的詢問如同安撫的語調，沒有責備，也沒有逼迫，就像是朋友間在詢問一件日常生活的瑣碎事項。

「我、對不起、我……」

凌亂的說不出一句完整話語，扉空看著波雨羽，眼裡閃爍著猶豫的痛苦。

「那東西不應該在你手上，把它給我。」

波雨羽知道他手上的東西是什麼!?

扉空眼裡映滿不知所措與錯愕。

「扉空。」

波雨羽的語調輕如煦風，就像在安撫驚慌失措的白兔。他試圖走向扉空，並伸出了手，「把那個東西給我，那個物品對你並沒有好處，這不是你該做的。」

「那什麼才是我該做的？」

波雨羽攤開的掌心微微一僵。

男女莫辨的聲音裡帶著哽咽，扉空壓著額，咬牙低訴：「就因為我們所遭遇過的傷害，碧琳連走都沒辦法走，現在還得躺在急診室裡急救！」

為了碧琳，他真的不知道自己還能做些什麼。只要照林月所說的去做，碧琳就能活下去。他真的……真的沒辦法想像失去她的日子，就算對不起波雨羽他們，他也非做不可。

「這是我現在唯一能做的，這麼做，碧琳就能好好的活下來、還能恢復健康，她不用再接受那些連我看了都心疼的複雜療程，也不用再為了不讓我擔心而強顏歡笑，而我，也不用再害怕她哪天會離開我。你能懂嗎？小禹，我真的……」

承受不住長久負擔的淚水終於墜落，在灰白的磚石上滴染成一顆顆的螢石。

「要是失去她我真的會瘋掉的！」

哭喊，是害怕失去長久以來支柱的恐懼。

一直以來都是因為有碧琳在他身邊，他才能努力的撐下那些他根本無力馱負的重擔；因為知道有人在等待著他，所以他才有勇氣一天又一天的活下去。

只要看見那孩子露出的笑容，他可以短暫的拋棄過往加諸在自己身上那道無法抹滅的傷痕、那些回憶；只要看見碧琳的笑容，他就會覺得……

不管那些傷還在不在都無所謂了，因為這一刻，他感到非常的幸福。

「那麼，你覺得青玉她會開心嗎？」波雨羽低問。

扉空撇開了眼，握著寶石的手微微發抖。

波雨羽低聲吶喊：「要是青玉知道你現在所要做的事情是什麼，你覺得她會為自己重新獲得的健康而感到開心嗎！」

扉空咬牙隱忍翻騰的複雜情緒。

波雨羽在與扉空不過兩步的距離屈膝蹲下，看見了那雙低垂眼眸含著的淚，輕聲說：「青玉不是那種人，你和我都非常清楚。會有別種辦法可以解決的，現在的醫學超乎你的想像，青玉也非常堅強，所以……」

深吸一口氣，波雨羽緩慢的將手靠近他心裡深知是危險的物品。

「扉空，別敗給自己的心魔了，那東西並不會拯救你和青玉，只會讓我們這些夥伴同時失去你們、失去所有。」

「沒有時間了……」

扉空的低語讓波雨羽大感不妙，他伸手想抓住扉空的手，沒想到扉空卻用更快的速度將寶石重重朝地磚壓下。

螢幕視窗跳出，連思考都沒有，扉空毅然決然按下執行鍵，在視窗消失的同時，寶石兩端突然延伸出無數條金色細線潛鑽進地磚，地磚下時而隆起，就像是有物體在攀爬並飛快的朝向擂臺外竄去，隨著細線的線數增加，寶石的光芒也越來越閃耀，透明的薄晶從寶石兩端竄出，包覆了整顆寶石。

「啾、啾啾！」葛格嚇得繞著扉空胡亂蹦跳，往扉空的腳跟撞了撞，希望扉空可以快點離開此地。

但扉空並沒有挪移腳步，只是垂眼看了葛格一眼，然後伸手摸了摸它的頭。

「我果然，當不了一個好主人。」

扉空打開面板，在葛格錯愕慌張的視線下將它收回寵物欄。

石磚紛紛隆起碎開，竄出無數冰刺與冰藤蔓，逼得波雨羽不得不退後。

「對不起，波雨羽。」

被冰刺包圍的扉空站起身，天藍色的長髮隨著風吹而飄起，原本該是漂亮的色澤，如今卻失去了平常的光彩。

扉空抬頭望著那逐漸被旭日照亮的晨空，月亮與星星都被那淺光覆蓋，就像是小時候他和碧琳一起眺望過的那片漂亮風景。

「都是因為我的猶豫才會害得碧琳變成現在這樣，所以這次我不能再猶豫了，我不能為了想留住這座自由的世界而讓她深陷危機……比起自由，我只想要她活著。」

冰刺陸續從地面竄出，用著波雨羽來不及阻止的速度將扉空整個人包覆掩蓋。

「扉空！？」

波雨羽奔跑上前，卻被靈活竄來的冰藤蔓阻擋了腳步，另一邊也竄出冰刺，他勉強傾身一閃，卻還是被劃破了胸前的衣飾。

趕緊往後跳離冰藤蔓的攻擊範圍，波雨羽看著那將藍色身影掩蓋的冰刺，努力找尋著可以靠近的空隙，卻沒想到變化居然更快生成。

地上的冰藤蔓像是吸收養分的樹根，開始吞噬周圍區域，綠色數據從損毀的地面裂縫冒出，向根部攀附而去，土地寸寸消失。

中央的冰刺層層堆疊，一路向上攀爬竄伸，直至接近天空之處，宛如睡蓮型態的巨大冰花綻放開來。

太陽升起，本該照亮大地的晨光被突然出現的龐然大物擋下一半的光線，陰影籠罩城鎮一半的土地，如同在預告惡夢的來臨。

波雨羽啞然的看著明明近在眼前卻無法阻止的惡夢發生，種族的清晰視線讓他看見了空中盛開的冰花中心包覆的熟悉身影——被冰藤蔓纏繞、緊閉著眼像是陷入沉睡般的扉空。

他可以感覺到，那逐漸吞噬這片土地的寒意也同樣正在吞噬那一人。

「那病毒不是人該去觸碰的，一旦啟動，啟動者一定會成為病毒的吞噬品，成為病毒完整構築前的養分、被啃食吸收，到最後腦波會和現實中的身體完全脫離，成為腦死者，別說角色會消失，就連命都會沒了。」

柳方紀明明告誡過他，但他卻還是沒能阻止。

眺望冰花，寒意令向來清楚知道自己道路的波雨羽感到一瞬間的茫然。

他不懂為什麼扉空不願聽進他的話語。

而他，又該如何阻止現在眼前所見的一切？該如何拯救扉空？

腳底突然一陣刺涼，波雨羽低頭一看，平面的磚石竟在不知不覺間被整片冰霜侵襲，他趕緊用力一踹掙脫覆上鞋頭的厚冰，向後退跳。

碎冰因反光而閃爍晶亮，突然，波雨羽腦海竄進了一個想法。

若是說他能將這冰破壞，是不是就能將扉空從病毒的融合內分離出來了？

只要他能接觸到扉空，將扉空拉出這冰寒的巨花，是不是就能救他了？

波雨羽趕緊打開通訊面板，在影像接通之後，柳方紀的身影顯現在螢幕上，波雨羽直接對著柳方紀訴說了現在面臨的事態以及詢問解決之道，而他也因對方思考過後說出的回答感到欣喜。

關掉面板沒多久，天空傳來了廣播的女音──

『各位玩家早安，為了讓第三屆創世大賽更加精采，因此官方決定增加一場額外活動。從現在開始，將進行時限為二十四小時的特殊任務，此任務為團體性質，各位玩家可決定是否要參與，但只要參與者中有任何一人完成任務，那麼所有的參與者都能獲得最終獎勵。』

『另外，C區預賽將延後舉行，賽程更動將在任務時限結束後用公告信件告知各位玩家。那麼，祝大家任務順利。』

廣播完畢，一道系統詢問框也出現在波雨羽眼前。

目前將開放全區域性突發特殊任務——
時限：【24】小時
地點：艾爾利帕安大陸／比例斯城鎮／【中央競技場】
任務內容：【須將占領競技場的冰花摧毀，並完好救出困於冰花中心的人質。】
獎勵：名聲＋【15】、大陸傳送卷軸×【10】、黛安娜的禮物（隨機）×【1】、赫馬斯任務圖騰碎片（隨機）×【2】
請問您是否要參加特殊戰役？【YES】or【NO】

——居然連S級任務的特需品都拿出來當獎勵！？
對於那些人願意如此的幫助，波雨羽在心底道了謝，並按下參戰鍵。
『玩家【波雨羽】參與特殊戰役！』
半空中出現了參戰列表，許多玩家的名字都顯示在列表上，還有逐漸加增的趨勢。
波雨羽叫出了落櫻，右腳向後一退，扭轉身盤，長戟順勢橫置於身側。
「解放吧，落櫻。」
一聲低喊，置於身側的長戟瞬間化為一頭銀白獨角獸。
獨角獸嘶鳴，白光乍現，連同獨角獸的身影一起包覆化為盤旋的白色流光凝聚於波雨羽的身側，重新構築成比原先要大上兩倍、擁有單叉尖頭的巨型長戟，原本環繞於長戟周圍的櫻花被七彩色澤所取代。

氣流從雙腳竄升凝聚於長戟周身，彩色的櫻花碎片環繞盤旋。

「千櫻——狂瀾！」

叉尖一出，狂烈爆櫻瞬間朝冰花的地基衝擊而去！

▲▲▲◎▼▼▼

黑色皮鞋映入眼簾。

靠坐在地的夜景項抬起頭，發現來到自己跟前的男子是誰後，露出訝異的神情。

「麥格……？」

麥格末——曾經是夜景項的青梅竹馬之一，也是被《創世記典》驅逐的血榜第一人「炙殺」。雖然舒鳳也是在這間醫院住院治療，但夜景項還是無法理解麥格末此刻出現在他面前的原因。

有著深刻輪廓的男子沒有多餘的表情，只是不屑的哼了聲：「急診室的出入口可不是你一個人的地盤，別擋到人了。」

夜景項看了眼左方明顯與自己有好一段距離的出入口，將臉埋進掌心，沒有為麥格末的諷刺多做回應，因為他提不起任何力量去做回應。

「看你這副樣子，我想大概是被那傢伙甩了吧，真是活該。」

「麥格，我真的不想……」

夜景項話還沒說完，就被麥格末的下一句話震住了。

「《創世記典》出事了，你知道嗎？」

夜景項瞪看著昔日的友人，一時之間還無法消化話語。

「出事？」

麥格末走到夜景項身旁，背靠著牆，看著在燈光下稀疏反光的毛毛細雨，道：「潮風剛剛傳訊息告訴我，《創世記典》現在開放了全區域性的特殊任務，這可是我進《創世記典》以來從未遇過的，而且這次任務的目標據說是要破壞中央競技場的突現物體。想想，這任務來得奇怪，任務內容更奇怪。那麼我們聰明的夜大導演，你怎麼看呢？」

「那可能只是遊戲公司一時興起……」

「因為一時興起，所以特地將C區預賽延後，打亂之後的所有賽程，趕著進行需要動員所有玩家力量才能銷毀目標物的任務？」

麥格末的一句反話讓夜景項陷入呆愣。

「C區？」才冒出不是剛比完A區預賽的疑問，隨後夜景項立刻想到現實與遊戲世界的時間比例。

「原來遊戲裡已經過了一天了……」

接著夜景項又重新咀嚼麥格未的話語。

在即將進行C區預賽的時刻突然改為發布全區域性的特殊任務，就算是一時興起也似乎太沒道理了。

好像有什麼思緒在腦海中浮現，夜景項想抓住那一點訊息。

「對了，我剛剛有說到嗎？這任務除了要破壞那物體，也要完好救出被挾持在物體內的某一人質才行。」麥格未從口袋裡掏出手機，手指滑點了幾下，他將螢幕轉向夜景項道：「這是潮風傳給我的圖片。真意外，看到這張圖，就讓我不自覺的想起某個人。」

夜景項抬起頭，映入眼簾的圖片讓他瞪的站起，他詫異的抓過麥格未的手機瞪著看。

圖片裡除了有中央競技場的圍牆，還可看見一朵巨大到幾乎快要跟天空連在一起的冰花，從連接的冰桿看來，這花應該是接根在競技場內。但讓夜景項驚訝的並不是這個，而是他曾經看過這朵花，在他與扉空初認識時，扉空用來對付兔狼獸的招式，那綻放於草原的冰鏡花，與現在圖片裡的巨大冰花姿態根本一模一樣。

夜景項心裡沒來由的肯定這是扉空的傑作。他想起剛剛扉空的異樣和他說的話語，如果說這朵花真是扉空所為，那麼剛剛麥格未所說的人質……

「難道是……扉空！？」

夜景項不知道這朵花綻放的用意，也不知道扉空是否真是麥格未口中所說的人質，更不知道這任務和這朵冰花中間構築的關係為何，但他很不安，而且那股不安隨著心思逐漸擴大，如果說那人質真是扉空，那麼情況或許會比自己原本所想的要來得更複雜。

縱使不清楚事情的由來與狀況，但夜景項肯定的是，如果這花與扉空真有關係，那麼他絕對不能就這樣放著不管。

「手機還我。」麥格末冷著一張臉，伸手索討被夜景項抓著看了許久的手機。

夜景項抿著脣，遞還手機，而麥格末則是一把搶過，用自己的袖口擦了擦螢幕，隨後放回自己的口袋裡。

「麥格……你是特地來跟我說這消息的嗎？那麼我們……」

「別傻了，我只是剛好要來看小鳳。」麥格末緩吁口氣，隨後他將視線從夜景項透露出歉意的眼上移開，道：「你對我和小鳳造成的傷害沒有那麼容易就能彌補，就算小鳳現在已經清醒，也不代表我就原諒你了。別天真了。」

半夜來探病，話語的真假很容易就能看穿，夜景項知道對方已經沒有當初那種玉石俱焚的恨意，因為麥格末真的可以當作什麼事情都不知道，可以選擇不來告訴他，但是，他還是來了。

「謝謝。」夜景項輕聲道謝，隨後轉身跑進雨霧裡。

此時，麥格末才將視線重新移回那道遠去的背影上。他垂下眼，撐起雨傘往醫院外牆的方向走去。

▲▲▲◎▼▼▼

創世開發總部——

由合金作為架構建築而成的廣大工作室所，數百臺電腦同時計算數據，人員來回穿梭於走道，每個人的臉上都可見緊張的神色，有些人更圍成一桌嚴肅的討論著。

電梯「叮」的一聲開啟，一名身穿西裝的男子快步從牆邊的走道穿過工作區域，進入到銀色走廊。

走廊的合金牆壁可見藍色與綠色的光線在縫隙間穿梭流動，原本他剛剛在外面所見的人員皆是穿著襯衫服飾，但進入到此區範圍，所有人幾乎都身著長襬的純白實驗袍。

走廊的盡頭是條T字道路。

男子——張耀泉彎進右方的走道，走沒多久，他停步在左手邊的合金門前，手指朝門旁的辨識器一按，合金門頓時朝右開啟。

這是一間足以容納下五十多人的研究室，室所裡沒有多餘的實驗器材，只有最前方一臺巨型電腦機臺，機臺上除了有許多控制鈕鍵和小型螢幕之外，最顯目的就是位於機臺正上方，那幾乎占據整面牆的巨型螢幕。

螢幕裡顯示的影像除了有不停跑動的數據之外，右上角還有一段位於中央競技場的盛開冰花的影像。

螢幕旁，左右兩邊直排而下的幾個小螢幕裡顯示的影像，則是從不同角度拍攝的中央城鎮實況：不只有正在吞噬圍牆的藤根狀態、朝向冰花所在之處奔跑前往的王者與夢幻城的夥伴、從各處集中而去的玩家，更有波雨羽使用落櫻攻擊冰藤蔓的影像，還有在冰花之中沉睡的扉空身影。

儀器前，幾名男女一邊看著變化的數據，一邊更改程式碼，還有幾個人指著螢幕進行討論。

這裡是《創世記典》開發團隊的主要研究室，所有關於《創世記典》重要程式的更動與監控都會在此處進行。

因為剛剛遊戲內發生的突發狀況，所有人員皆陷入神經緊繃的狀態。本以為是可以控制的小BUG，沒想到卻是難解的鎖碼，而且又是直接從最脆弱的地基進行攻擊，讓他們根本難以拔除。

前方的研究人員正嚴肅的進行排難作業，偏偏獨有一人卻還坐在角落的沙發上悠閒的喝咖啡，這讓張耀泉終於忍不住低喊：「方紀，你知道現在是什麼情況嗎？」

停下將杯子往唇邊靠的動作，戴著黑色鏡框、身穿動漫海灘褲的男子──《創世記典》開發執行長柳方紀抬頭看了張耀泉一眼，繼續將杯子往唇邊靠，啜飲了一口咖啡之後，毫不在乎的說道：「不就是那個人的傑作？M77，本來是我們要當成《創世記典》防護結構的防衛網，結果沒想到會被她改成攻擊型的病毒，正因為它與《創世記典》擁有相容性，所以才會難以拔除。」

「那你還……」

柳方紀放下杯子，起身離開沙發。

他按了按張耀泉的肩膀，隨後雙手插進外袍的口袋，直視前方的螢幕影像道：「不過你應該知道，光靠那種東西是沒辦法完全毀掉《創世記典》。」

「但現在有一個玩家正被病毒吞噬吧。方紀，我們這是遊戲，不能成為殺人的器具，我們一定要想辦法把那名玩家救出來才行！」

「不是我們想成為殺人的器具，而是林月她想要《創世記典》和我都成為劊子手。」

面對柳方紀冰冷的聲音，張耀泉垂下眼，嘆了一口氣：「也許是我們當初做得太絕，我們應該告訴她實情。」

「你想，若是告訴林月所有的事情，憑她的個性，Eraprotise還能不被上頭發現，留到現在？」柳方紀走向前方的儀器，語重心長道：「耀泉，只怕那時我們若是選擇了另一條路，那麼林月會在無心之下殺了自己的孩子。」

所有人都以為創世開發團隊的核心主要成員就只有五個人——黎俊世、季東裕、金在葉、張耀泉，還有身為執行長的柳方紀，但其實在《創世記典》正式完成之前、Eraprotise系統的開發時期，這團隊還有一人，那就是林月。

Eraprotise這人工AI系統幾乎可以說是柳方紀和林月付出最多心力慢慢累積出來的成果，或許就是因為林月將Eraprotise當成自己的孩子看待，所以才會奠定Eraprotise產生自主性的基礎。

但，若是擁有人類輸入資料而成的智慧型機械就算了，Eraprotise最後卻發展成擁有自我意識的AI，這已經超脫他們所能控制的範圍，那是會使人類地基動搖的物品，是不該出現的東西，所以上頭主管發現之後便下達了銷毀命令，當時林月堅決反對並且激烈抗爭，憑她那副人人知曉的剛烈個性，若是告訴她他想進行的藏起計畫，突然噤聲的林月難道不會被人起疑？

更別說當時的林月根本聽不進他們的任何話，她的激烈態度惹惱了上司，逼得他不得不做出權宜之計，請林月離開開發團隊。

他本來打算等一切穩定後再告訴林月事情的原委，屆時再請她回來，卻沒想到林月居然就這樣帶走她經手的所有資料，與當時在她身旁幫忙的助理一起離開創世，從此之後像是人間蒸發一樣完全消失了蹤影。他和其他人曾四處探訪，卻完全沒有任何消息，這樣的結果是他完全沒料想到的。

林月帶走的資料裡，也包括M77的原型檔案。

從那之後，時間一久，也沒有人再提起過林月的名字，但就在他們幾乎都要遺忘曾經有過這麼一位研究夥伴時，林月卻用另一種形式出現了。

雖然他有猜想過林月的心思，卻沒想過她會真的走到想要毀掉《創世記典》這一步，還將完全無辜的人拖下水。

想到這，柳方紀放在口袋裡的手緊握成拳，垂眼輕閉。

是他的自信讓他疏忽最根本的問題，他早該猜想到林月的剛烈個性會做出什麼樣的事情，那個敢愛敢恨的女人……

兩個視窗同時跳出占據中央螢幕，視窗裡是身穿創角服飾的ＥＰ1及ＥＰ2，機臺前的人員也在同時停下了手邊的工作，抬頭眺望螢幕上的兩位。

「呦～這可是那時用了卑劣手段想逼我就範的柳方紀嗎？才一點點小事就讓你眉頭皺那麼深啦，當初想要從我手裡拉回大姐姐的魄力到哪裡去了？」ＥＰ2抱著熊娃娃，一臉誇張的故意掩嘴驚呼道。

另一個視窗裡的ＥＰ1嘆了一口氣，視線落在柳方紀身上，道：「沒想到最壞的情況出現了，那麼，你現在打算怎麼做？」

柳方紀睜開眼直視兩人，隨後低聲一笑，深吸了口氣，坦然道：「……能怎麼辦呢？只能直接去見她了吧。」

——直接去見林月？

自從林月離開這裡後，他們也曾嘗試過要找人，但根本無從查起，林月就像人間蒸發一樣，完全找不到任何足跡。

現在柳方紀說要去找人……怎麼找？又要去哪裡找？

張耀泉無法理解柳方紀現在的心思。

「所以能請你們兩位一起前往嗎？去見見你們曾經的『母親』。」柳方紀聳肩詢問，語氣認真得不像是在開玩笑。

ＥＰ1和ＥＰ2互看了一眼，隨後ＥＰ1眨了眨眼，平聲道：「身為創世防禦系統的我，確實是時候該去見見破壞《創世記典》的元凶。」

「母親什麼的我是不管，我在乎的只有能不能保護大姐姐所在的世界，所以，這次我就暫且大發慈悲跟你同一陣線。ＥＰ１都去了，那麼身為Eraprotise系統中隸屬於攻擊系統的我怎麼樣都不能缺席吧！不然光靠一個只能當盾牌的，和一個只會泡茶聊天的，要怎麼應戰呢？」ＥＰ２露出微微的笑容，先是點名ＥＰ１，然後看向柳方紀，話語犀利如刀。

「那就這麼辦吧。」

柳方紀從人員讓開的通道來到機臺前，伸手按著鍵盤輸入一行字碼，他說：「你們按照這個ＩＰ位置找過去就能進入林月所在之處的主機，只要奪得主機的操控權，應該也能遠端關閉M77，不過我想林月應該不會什麼防衛措施都沒有，而且時間也有限。」

「這點還需要你說？我可是當初讓《創世記典》癱瘓的Eraprotise two呢！不管是哪種防衛系統對我來說都沒用，它們不過就是沒腦袋的程式。」ＥＰ２冷冷一笑，望向旁邊的ＥＰ１，挑眉說：「速戰速決吧，Eraprotise one。」

ＥＰ１向柳方紀點了點頭，「我們先走了。」

語畢，ＥＰ１和ＥＰ２同時關閉通訊視窗，也在同一刻，螢幕右下角跑出一個小視窗，視窗裡的程式碼就像是擁有自我意識般的開始自動編寫，偶爾跳出幾段既定的鎖碼，但在程式碼下方也會緊跟著編寫出破解的程式，一道道的鎖碼不停瓦解，顯露藏在內部的程式碼面貌。

在ＥＰ１和ＥＰ２企圖潛入柳方紀提供的ＩＰ位置時，其他人也開始繼續手邊的工作。

「方紀，你真的打算去見那個女人嗎？」坐在機臺前的黎俊世連著座椅一起轉向後方，看著被眼鏡遮掩住表情的柳方紀。

林月有膽做出這些事情，那麼柳方紀這樣獨身一人去見她，他是覺得有些不妥，畢竟現在的林月已經不是當初那位與他們一起共事的夥伴了。他想，或許林月連夥伴意識都拋棄了，不然怎麼可能會引起現在這場騷動。

「不過方紀，你怎麼能確定那地方是林月所在的地點呢？還有那段ＩＰ你是怎麼拿到的？我們找了那麼多年可都沒著落，怎麼你就突然在這時刻找到了？」另一邊的季東裕停下記錄討論的動作，也傳來了詢問。

金在葉也瞥來一眼，但沒停幾秒又回去編寫一行行程式碼的工作。

「神仙指點的。」

柳方紀話一說完，季東裕和黎俊世瞬間「嘖」了聲，明顯不想對他的胡話賞臉。

一旁陷入沉思的張耀泉突然像是想到什麼事情般的愣了一愣，他望向轉身走來的男子，訝異道：「方紀，該不會是……」

柳方紀在經過張耀泉身旁時拍了拍他的肩膀，他沒有正面回答張耀泉的猜測，但是那眼神讓張耀泉明白自己的猜測是正確的。只不過張耀泉無法理解，為什麼那個人會選擇在這種時刻幫助他們。

「別擔心了，我可是柳方紀，更何況還有神仙幫忙，你們做好現在該做的工作就是了。我想，你們應該能在一小時內編寫出暫時制衡的工具吧。」柳方紀回頭望向螢幕上顯示的無數影像，「這一次，可能得請那些玩家們多多幫忙了。」

張耀泉皺眉思考了一會兒後，臉色凝重的點頭，「你不在的時候，我們一定會盡我們所能，做到我們所能做到的事情。」

看著支持自己許久的友人，柳方紀笑了笑，隨手一擺，扔下一句「我走了」之後，便離開了研究室。

▶▶Loading...

第四伺服器

心之所向

很多時候，他不懂為什麼自己得承受這些苦痛，不懂為什麼他所乞求的微小願望一直無法實現，他刻意的遺忘、忽視，卻還是無法停止悲傷的湧現……

直到最後他才發現，原來自己根本未曾放下過，只要熟悉的人再次出現，他就會再次想起那些悲傷的往事，然後再次感到心痛。

▲▲▲◎▼▼▼

夜晚即將結束之刻，沒回到公會領地，而是窩在中央城鎮某家酒館裡待了一天一夜的白羊之蹄一夥人，占據了店家一半的空位，有些托著下巴在打瞌睡，有些則是表情凝重的回憶起前一晚青玉的角色破碎消失、扉空及伽米加慌張下線的情景。

——青玉發生了什麼事情嗎？

——還有扉空和伽米加又是怎麼回事？

眾人心裡都有股不好的預感，但卻不敢說出口，就怕這一提，大家也跟著心慌。早知道就該先約一次網聚，不然現在他們也不會只能在這裡等著乾著急，還能大概明白事情的頭尾。

奔波一整天不知道在處理什麼事情的波雨羽才剛踏進酒吧，卻說了一聲「要出去」之後就又不知道跑哪去，到現在都還沒回來，這下子他們根本不曉得到底是要繼續待在這裡，還是暫時回公會領地。

啊、真是的！怎麼會突然發生這種事情嘛！

「青玉她……應該只是下線吧。」

水諸吶吶的詢問打破沉默，但也讓眾人心裡同時發出尖叫，暗罵了聲：「這遲鈍的笨蛋居然直接戳破了平衡點！」

「我們也只能這樣相信了吧。」

天戀還記得當時青玉的身體變得像是訊號不穩的粒子，那令人心驚的樣子最後居然碎裂破散。她真的……真的不知道該如何是好，為什麼她沒有早點發現，沒能阻止呢！

坐在天戀身旁的浴血銀狐按了按天戀的肩，安撫道：「別擔心，不會有事情的，也許只是遊戲設備故障，多多少少都會發生，不是嗎？」

「但是那根本不像故障，狐狐妳應該也明白……」

硬質傘尾重重敲打木頭地板，悶聲重響終止所有人心頭的紊亂思想。

站在樓梯前端的明姬居高臨下，以安定人心為前提，道：「現在還不知道發生了什麼事情，大家先別自亂陣腳，等會長回來後再看看接下來我們該做些什麼。」

「也只能這樣了吧。」某些人扯出苦笑，但心情不言而喻。

面對憂愁的隊友，明姬只能無聲的嘆口氣，她不懂這種時刻波雨羽還能到哪裡去，而且到現在還不回來。

她很清楚，大家心裡都很不安，畢竟青玉對他們來說是那麼重要的家人，他們真怕她是不是有什麼狀況，因為就連她也怕……

地面突如其來一陣晃動讓明姬差點站不穩，只能趕緊抓住身旁的扶手來穩住身子。她朝前望去，所有人都因為這場震動而變得緊張，還有人鑽進桌子底下和蹲在櫃檯邊，一副深怕天花板會砸下來的樣子。

酒吧老闆更是直接躲進吧檯裡，連頭都看不見的蹲著，看起來NPC也會害怕地震。

當地震一停，酒吧裡的客人紛紛走出酒吧去探望，白羊之蹄的人員也緊跟著跑出去。明姬四處張望，直到視線落在那幾乎遮掩天空的巨大冰花時，表情頓時變得訝異。

「那是什麼啊？」某人驚訝的指向冰花，和身旁人討論。

鼻頭一個冷勁，水諸抖了下身體，打了個噴嚏。

「啊嚏！」

手指摸了摸鼻頭，水諸才發現鼻頭上沾了一塊有些融化的小小冰屑，周遭傳來眾人的驚呼，水諸跟著抬頭望向天空，沒想到卻見好幾枚冰雪從天飄落，那些冰雪全自那株冰花而來。

冰雪飄落在地，在屋邊堆積成薄薄一層的雪堆，但水諸卻發現了，那些冰雪就像是觸碰到什麼媒介般，突然驟生成如水晶體般的尖刺。水諸上前好奇觸摸，指尖竄進刺骨的寒，沒想到下一秒他的手指竟然覆上薄冰。

水諸趕緊拍掉指尖上的冰，往後退離那株冰刺。

要是再慢個幾秒，他這手不會就整個結凍了吧!?

對於剛剛自己死裡逃生，水諸心有餘悸的拍了拍胸口，但也為這不知何種原因而出現的冰雪感到困惑。

『各位玩家早安。』廣播女音傳遍整座大陸：**『為了讓第三屆創世大賽更加精采，因此官方決定增加一場額外活動。從現在開始，將進行時限為二十四小時的特殊任務，此任務為團體性質，各位玩家可決定是否要參與，但只要參與者中有任何一人完成任務，那麼所有的參與者都能獲得最終獎勵。』**

『另外，C區預賽將延後舉行，賽程更動將在任務時限結束後用公告信件告知各位玩家。那麼，祝大家任務順利。』

參戰列表突現在半空中，同時，所有人的面前也紛紛跑出了詢問框。

目前將開放全區域性突發特殊任務——

時限：【24】小時

地點：艾爾利帕安大陸／比例斯城鎮／【中央競技場】

任務內容：【須將占領競技場的冰花摧毀，並完好救出困於冰花中心的人質。】

獎勵：名聲＋【15】、大陸傳送符×【10】、黛安娜的禮物（隨機）×【1】、赫馬斯任務圖騰碎片（隨機）×【2】

請問您是否要參加特殊戰役？【YES】or【NO】

「特殊戰役，救出人質？」水諸疑惑的望向其他人。

其他隊友也是一臉莫名，大夥兒都無法理解官方特地在此時將比賽延後、發布特殊任務的理由，只覺得似乎不太對勁。

「啊、是會長的名字！」有人發現參戰列表裡出現了波雨羽的名字，指著面板驚呼。

眾人一愣，紛紛抬頭望。

「會長居然參戰了！？他不是在處理私人事情嗎？」

面面相覷的眾人下意識的望向明姬。

只見少女皺起眉，似乎也是不解為什麼波雨羽會突然變成參加特殊戰役的一員。

急促的腳步聲從遠處傳來，前方卡著一個參戰詢問框的愛瑪尼以及荻莉麥亞正從街道的另一頭跑來，最後停步在眾人面前。

愛瑪尼指著參戰詢問框和半空中的參戰列表，激動詢問：「喂喂，這是怎麼回事？突然來個全區域性戰役，然後我又在參戰名單裡看見波雨羽的名字，所以現在是打算集體參加是嗎？拜託，我正在做我人生中最重要的一件事情耶，花了一天一夜的時間好不容易荻莉麥亞都快要答應和我約會了，結果現在都被……」

後腦勺被槍托一敲，愛瑪尼瞬間中斷話語，壓著腦袋瓜喊痛，而荻莉麥亞則是臉紅的瞪了愛瑪尼一眼，隨後她輕咳一聲，忽視眾人目瞪口呆的表情，轉向離自己最近的明姬，問：「所以現在我們是不是也要一起參戰呢？」

若是公會任務就算了，這種全體性的任務，波雨羽幾乎是不參與的，但現在他居然在第一時間參戰，她想，或許這件事情背後還藏有什麼原因。她知道波雨羽所做的每件事情都有他的意義，只是現在他參戰的意義她不曉得，也許……他們應該到前線去詢問。

明姬思考著，最後點頭，轉身面向所有人，大聲道：「大家聽著，雖然會長沒有來訊要求我們參戰，但我們也不能讓會長孤軍奮戰，因為我們是白羊之蹄，《創世記典》裡以『家』為理念的公會，所以我們不會扔下任何一個家人獨自奮戰，你們所擔憂的事情先放置在一邊，現在，大家應該知道怎麼做了吧。」

「白羊之蹄，全員參戰！」

高聲呼喊，眾人紛紛按下參戰鍵。

愛瑪尼和荻莉麥亞也在互看一眼之後，按下參戰鍵。

半空中的參戰列表一瞬間被白羊之蹄所有成員的名字占據。

「我們走，到中央競技場去！」

「是！」

▲▲▲◎▼▼▼

「座敷、座敷！」

肩膀被人猛搖，逼得抱著白兔娃娃窩在小被窩裡睡覺的座敷童子不得不睜開眼。

揉著眼，座敷童子哀怨的瞪著打破她即將進入華麗城堡的夢境的枒木童子，不滿道：「做什麼啦！人家為扉空哥哥他們煩惱了一天，好不容易才睡著，讓我多睡一會兒不行嗎？幹嘛把我叫起來啦！」

前天夜晚，座敷童子和枒木童子拿到伽米加釣給他們的水球後，便跑去附近的攤販買炒麵，順便坐了幾次的音樂搖搖車、玩夾娃娃機，誰知道當他們回去大家所在的地方準備會合時，不只扉空與伽米加，連白羊之蹄的人都不知道跑到哪裡去了。

座敷童子傳了訊息給扉空和伽米加，但都沒有獲得回應，最後只能傳訊向波雨羽詢問，只是對方傳來一句要他們「別擔心」之後就沒下文了，讓座敷童子和枒木童子也不知道該如何是好。

打開組隊名單，座敷童子才發現扉空和伽米加居然都下線了，沒辦法之下，兩個雙胞胎姐弟只能先找一家旅館窩著苦思，連B區的比賽都沒去觀戰，就在房間待了一天一夜，直到現在。

因為不知道發生了什麼事情，所以座敷童子一直苦惱到深夜，好不容易才入夢，但睡沒幾小時就被枒木童子叫醒了，這讓睡意濃重的她很不滿。

枒木童子直接忽視座敷童子的不悅，將她從床上拉起跑到窗邊，指著窗外幾乎遮天的巨物，慌張道：「妳快看看那個！」

座敷童子打了一個哈欠，視線若有若無的瞟向枒木童子所指的方向。沒看還好，一看睡意全嚇跑了，她愣了一愣，和杴木童子對看許久，兩人同時從裝備欄叫出一樣物品，小型的冰睡蓮出現在掌心。

「剛剛突然出現的，看到的時候我嚇了一跳，因為實在是太像了。」

畢竟他們與扉空組隊也有一段時間，杴木童子明白扉空的技能屬性為何，《創世記典》裡雖然有一些玩家也會有類似的屬性，但要專屬絕招構成的物質都一模一樣這是不可能的。

「這……不只是像了吧，根本就跟扉空哥哥送給我們的這冰花一模一樣。」座敷童子皺起眉。她不懂為什麼這兩樣物品會如同複製品般的相像，唯一知道的是，外面的巨大冰花讓她很不安，而且她有種直覺，那朵花也許與扉空有關聯。

雙胞胎的心電感應讓杴木童子也感受到座敷童子的那股不安。

就在此時，響遍整座世界的廣播傳入兩人耳裡。

『各位玩家早安，為了讓第三屆創世大賽更加精采，因此官方決定增加一場額外活動……』

在廣播結束之後，參戰詢問框出現在兩個孩子面前。

突然出現看似與扉空相關的冰花、特地延後賽程選擇在黎明時發布的任務，還有包含救出人質的任務內容，這不太像《創世記典》的風格。

若說這冰花真與扉空有所關聯，那麼那個人質……

座敷童子打開隊伍名單，當她看到伽米加的名字暗淡無光時先是鬆了一口氣，但再往下一看，她臉色完全變了，驚呼道：「扉空哥哥什麼時候上線了！？」

「扉空哥在線上？」枕木童子跑到座敷童子身後查看，果然看見隊伍名單上「扉空」這名字正亮著。

不安在心中盤旋，突然，座敷童子與枕木童子手上的冰睡蓮瞬間出現裂痕，「啪」的一聲碎裂成粉！

兩個孩子錯愕的瞪大眼，直看著自己本來還拿著物品、現在卻空蕩蕩的掌心。

座敷童子深吸一口氣，注視著詢問框，隨後望向與自己擁有相似長相的男孩，「枕木，你現在在想什麼？」

枕木童子注視著座敷童子，認真點頭道：「跟妳想的差不多。」

「如果說我們的不安是真的……」

「那麼這場仗，非打不可。」

座敷童子與枕木童子互看著，重重點了頭，同時按下參戰鍵。

『玩家【座敷童子】參與特殊戰役！』

『玩家【枕木童子】參與特殊戰役！』

「走吧！」

兩人同時叫出武器，從窗檻一躍而下，俐落的踏著牆面前跳，在半空中翻轉一圈後安穩落地。

座敷童子與枚木童子跑上街道，直往冰花所在的方向而去。

▲▲▲◎▼▼▼

以明姬為首，接著是愛瑪尼、荻莉麥亞、浴血銀狐、天戀、水諸，後方緊接著白羊之蹄的人員，一行人以龐大的陣勢從小巷進入主街，一路朝向中央競技場的方向跑去。

越接近目標地點，四周本來還溫暖的空氣越來越冷，天空也不知何時變得有些鬱灰。

逐漸靠近剛剛從遠處觀望的冰花，才愕然發現它是多麼的巨大驚人，眼前所見的冰花不只高聳，更有種幾乎遮蔽天空的錯覺。

遠處依稀傳來像是物體碰撞在一塊兒的悶響。

水諸抬頭望去，只見多種色彩的攻擊魔法碰碰碰的擊上粗壯的花莖，還有幾道身影飛在空中，似乎在思考如何破壞花蕾。

——冰花……？

水諸望向那朵盛開的冰晶花朵，瞇眼使用弓箭手的某項技能，雖然比不上波雨羽的鷹眼，但依稀可見遠處被凍結在冰花裡的人影，視線穿透數層厚冰花瓣，他看見了……

「扉空！？」

對於水諸突然喊出的名字，眾人瞬間停住腳步，目光全轉了過來。

「胖豬，你叫扉空做什麼？」浴血銀狐扔來疑惑的眼神。

「我、我用了『遠視』，結果我看見冰花裡的人質……是扉空！」

「你沒看錯嗎？扉空他不是下線了，怎麼可能會在這裡？」明姬說完，突然愣了一下。打開公會名單，在無數名稱之中明姬看見了那本該是暗淡無光的名字居然是亮起的上線狀態。

「他什麼時候上線的？」明姬難以置信的盯著名單許久，最後望向冰花。

「所以，真的是扉空嗎？」漢子大叔向其他人喊道：「會遠視技能的快點看一看！」

收到命令，原本呆愣的眾人立刻回過神，有遠視技能的人都趕緊啟動技能去觀察冰花，結果與水諸一樣，一個一個面露錯愕。

「真的是扉空！」

「怎麼會是他！？」

「現在情況到底是怎麼回事啊？」

「扉空……為什麼？」荻莉麥亞無法理解。

明明是官方發布的任務，照理來說任務內容的目標人物應該是ＮＰＣ才對，為什麼卻變成是扉空？

腦袋亂成一團的荻莉麥亞看向愛瑪尼，只見對方陷入了沉思，似乎也是不理解為什麼應該是ＮＰＣ的角色會變成他們所熟識的人。

——任務內容是一天時限，官方定下這時間的用意是什麼？

向。

——如果說超過這任務時間，那麼身為人質的扉空……難道會發生什麼事情？

想到這裡，荻莉麥亞顧不得是否該等待明姬的指示，她拉緊背帶邁步跑向中央競技場的方向。

「荻莉麥亞！」愛瑪尼喊了聲，緊追在後。

一群人見到兩人跑了，也趕緊跟著追上。

越接近中央競技場，許多人也開始發現周遭的異狀。房屋被一堆從土裡生根的冰藤蔓攀住，還可以清楚的看見數據似的細碎字碼從牆壁鑽出，旋繞在冰藤蔓上，一磚一瓦隨著數據的被吸取而剝落，幾塊碎磚飄上天空。

——這樣的景象還能說是官方的特地安排嗎！？

荻莉麥亞心裡有數，這絕對不只那麼單純，若說這些屋子是那朵冰花的傑作，那麼扉空也有可能會變成這副模樣，要她眼睜睜看著自己的同伴消失她做不到，她要在僅剩的時間內用盡所有的辦法將扉空救出來！

當荻莉麥亞一路跑過街道，所見的景象卻是令她越來越驚心，直到她看見那幾乎消失不見的圍牆及屋子才停下步伐，啞然的看著這片殘破不堪的景象。

這裡沒有前天所見的熱鬧繁華，競技場的圍牆和周圍的屋子被斷垣殘壁所取代，無數冰藤蔓啃食數據，掛在半空的萬國旗也早已斷線墜落。直到此時，她才看見那被層層冰刺包覆的粗大花莖，以及直到最頂端的花朵，整朵花遠遠超越事務廳的體積，明明距離還有幾千公尺，卻已令人心生畏懼。

冰花前方有好幾千人正合力用魔法、技能、槍炮攻擊，但炸開的煙霧裡卻僅有剝落的冰粉，連道裂痕都沒有。

——這東西，要怎麼樣才能打破？要怎麼做才能把扉空救出來？

「扉空！你聽得到我的聲音嗎？扉空——」

荻莉麥亞忍不住朝冰花嘶聲吶喊，但她只聽見無數人的腳步聲、東西炸開的聲音、感受地面傳來的震動，卻無法得到她所想要的回應。

腰間被人一抱，腳步瞬間後退四、五公尺，與此同時，荻莉麥亞剛剛所站之地裂竄出兩、三條冰藤蔓，藤蔓尾端扎入土中吸附數據，地面也以藤根為中心開始產生裂痕。

看著崩裂飄出數據的地面，荻莉麥亞一瞬間覺得暈眩，那是對於不知道能不能救回同伴的茫然。她從來沒想過有一天會面臨這樣的景象，而她可能得眼睜睜看著同伴消失，她不懂為什麼事情會突然變成如此的措手不及。

不可以，她不能意志消沉，光是想些負面的情況來打擊自己的自信心有什麼用處！

——想想扉空啊，荻莉麥亞！他是妳自己選擇的同伴，那麼妳，能為他做些什麼呢？

——妳必須做到的事情是什麼？

「幫我。」

愛瑪尼一愣。看著荻莉麥亞掙脫他的雙手，轉頭回望著他，如同當時他在《閃耀之心》裡第一次遇見她一樣，身旁沒有任何人支援，卻擁有漂亮堅定的眼神，所以那時的他才會不顧一切的想與她相識。

「我需要你的幫忙，我要把扉空救出來，所以幫我，智元。」

曾經，他在《閃耀之心》想與她攜手共度終生，最後卻因為意外而無法實現，現在又與她重新相遇、相知，沒想到那時對她坦然的真實姓名卻是到此時才從荻莉麥亞口中喊出，這讓愛瑪尼感到意外，卻也不自覺的笑了。

這是自從那一天的失約之後，第一次聽見荻莉麥亞親口喚出他的名字，該怎麼說呢……雖然這時機不適合，但是他真的感到很開心，因為直到此時他才真的肯定他所愛的人已經願意原諒他的失約。

愛瑪尼笑著叫出武器，來到荻莉麥亞面前，「我不幫妳，要幫誰呢？這次要是成功完成任務，就告訴我妳的真實名字，並且和我在現實中見面約會，如何？」

「你還真會找洞鑽。」荻莉麥亞將揹著的狙擊槍拿到前方，填滿彈匣，上膛。

「不過，看在你這段日子確實表現不錯的分上，就答應你。」荻莉麥亞注視著愛瑪尼臉上的笑意，挑了眉，「聽好了，我的名字是……」

最後的詞故意降低到只有一人能聽到的音量。

荻莉麥亞看著愛瑪尼臉上的錯愕，露出一抹漂亮的笑容，隨後她用嚴肅的表情取代，舉槍朝著前方飛竄而來的冰藤蔓開上一槍。

「碰！」

炸開的火光將荻莉麥亞的身影映照得更加豔紅，她毫無猶豫的邁步衝入飛竄而來的冰藤蔓之中，側身一轉閃過左方竄來的冰藤蔓，狙擊槍一架，準心一對上目標，再次又是一槍。

「碰！」

碎冰劈里啪啦的掉落在地。

荻莉麥亞的猛烈攻勢為白羊之蹄的眾人開啟入戰的序幕。

▲▲▲◎▼▼▼

當座敷童子與杴木童子到達現場，看見比當時城戰還要浩大的場面，兩人不免發出訝異的呼聲。

以冰花為中心，可以看見各城各派的人圍繞成一個圓，技能全開的拚命朝中心的冰花發動攻擊，只可惜不管是合力的攻擊魔法或是近戰攻擊，都沒看見冰花崩下一角，而且還要閃躲從花莖底部襲擊而來的冰藤蔓，許多團隊也因此散成好幾區。

天空中面板的時間不停的倒數計時，似乎因為如此，眾人的攻擊火力有逐漸加速加重的趨向，只可惜統統沒用。

「我們現在要從哪邊進去？」杴木童子拿著凰冥刀，企圖找出一個能前進的空位。

前方有各方派系的人馬，感覺不管他們從哪裡鑽進去都怪怪的，畢竟不是熟人，要是不小心被炮彈打到可不是鬧著玩。

「隨便找個空位衝進去就是了，我們現在沒時間顧慮那麼多，畢竟那個人質有可能是扉空哥啊！」座敷童子雙手緊握鳳鳴槍，喊著說。

她一邊著急的四處張望，一邊和枕木童子靠近前方的人牆，但是他們卻沒有發現危機正逐漸逼近。

幾根冰藤蔓從土裡鑽出，在兩個孩子身後搖擺晃動，然後僵直形體變成冰刺，直朝座敷童子與枕木童子的後背凶猛刺去——

「劈啪！」

聽見聲音，座敷童子和枕木童子趕緊回頭，透明的刀身率先映入眼簾，地面上則是碎了一地的冰塊，四周還有幾名熟悉的人影正背對著他們迎擊突襲的冰藤蔓，當他們的視線定在離自己最近的那一人身上時，立刻訝異的喊道：「王者哥哥！？」

王者看了眼兩邊的夥伴，確認所見之地沒有其他突然冒出的物體之後，腳步一退來到兩個孩子面前，嚴肅道：「你們不應該來這裡，這裡太危險了。」

「但、但是扉空哥哥……」

王者皺起眉，「扉空？他怎麼了？」

枕木童子看了眼支支吾吾的座敷童子，直接上前將前夜發生的事情，還有那朵冰花與扉空的關聯簡略的述說了一遍。

王者皺起眉，詢問：「所以，你們懷疑人質其實是扉空？」

枕木童子點頭。

雷皇砍斷一條襲來的冰藤蔓，退到王者身旁，詢問：「怎麼了嗎？」

「枕木說，這場任務指定救出的人質有可能是扉空。」

雷皇一愣，問道：「你是說那次攻城戰，那一位白羊之蹄的人？這怎麼可能，官方任務不可能……」話到一半，瞬間停止。

王者看著突然變了臉色的雷皇，問：「你想到什麼？」

「一年前……」

這話，讓王者頓時一愣。

此時日天君將阻擋工作交給其他人後，也跑來到他們身旁，詢問：「怎麼四個人呆站在這裡？現在這情況可不能隨意鬆懈，要是不小心被掃到可不是鬧著玩的。」

「一年前的那時候，王者在冰宮裡也許沒見到，但日天君和我還有其他人卻是看見了《創世記典》幾乎變成荒蕪的那一刻。」雷皇望向日天君，嚴肅道：「日天君，不覺得這景象和一年前我們去營救王者時很相像嗎？」

一年前《創世記典》曾經歷經一場崩毀浩劫，當時官方對外宣稱是程序錯誤，未先告知改版更動而引起的失誤，但其實真正的起因是一名ＡＩ暴動所為。

被吸取的數據、崩裂吞噬的大地，與一年前曾經發生過的事件所引起的危機非常相似，直覺告訴雷皇，或許這世界也正在崩毀。

「但ＥＰ２已經答應不會再做出那種事情了！她現在很乖、很聽話！」王者急忙替當時的元凶緩頰，深怕其他人會將矛頭指向那孩子。

「這並不一定是ＥＰ２的傑作，她唯一重視的你在這裡，沒理由去破壞這座世界。更何況還有開發團那些人以及伊瑞在，也不可能再讓她胡來。」

當雷皇分析完後，日天君也從思緒中回過了神，轉頭看向王者，建議：「王者，你要不要問一下方紀先生發布這任務的原因呢？我覺得直接向他們問清楚會比較好決定接下來的行動。」

王者點頭允諾，趕緊打開訊息面板發了一段詢問訊息給官方帳號，沒過多久，對方就傳來了回覆。

閱讀完訊息內容後，王者面露驚訝，他錯愕的望向日天君與雷皇，最後低頭對上眼巴巴望著他、期待回答的雙胞胎，頓時他不知道該如何開口。

看見王者的表情，日天君和雷皇大概能猜想到回覆的內容，他們也不多說什麼，一人架起了雷蛇，一人纏緊護手的繃帶，從王者的身側擦肩而過，朝向冰花走去。

「雷皇？日天君！？」

「他們的回答跟座敷和杦木猜想的一樣，對吧？」

聽見前方傳來的問話，王者困難的點頭，「人質……確實是扉空。這冰花似乎是病毒類型的東西，因為某種因素，扉空變成了病毒啟動者，如果超過任務時間，不只《創世記典》會被吞噬，就連扉空或許也會……」

「原因呢？」

「他們沒有多說，只說是以前的同事引起的禍亂。」

說到這，王者的心情跟著沉重不少，原本只是因為心裡的一點不安而前來參與任務，沒想到任務的背後竟隱藏這麼多的內情。

「他們說，只要在時間內破壞病毒的結構，將人拉出來應該就能阻止。但如果超過時間，他們會先強制所有人下線，以確保所有玩家的安全。」

「那麼到時候扉空哥哥怎麼辦？」聽到這裡，大致明白事情的座敷童子終於忍不住插話了。如果所有人都被強制下線，那麼獨剩下自己一人的扉空該怎麼辦？

「王者哥你……一定能救他對吧？」枒木童子抱著期待詢問。

王者其實也不敢妄下定論，畢竟結果如何，不到最後是絕對沒人知曉。

「那麼就必須把握時間了。」

日天君搶在王者回答前先下了決定，這讓王者面露訝異。

同時，雷皇也傳來了另一句話：「那時候義無反顧的去救你，是因為我明白自己犯下的過錯，並期望能夠獲得原諒，而你，寬恕的原諒了每一個曾經傷害過你的人。現在明知道有人需要我們去救他，怎麼可能放下不管。就像你幫了我們一把，現在換我們去幫忙需要幫助的人。」

身旁傳來一聲輕笑，雷皇撇過眼，只見日天君笑著舉起手道：「我沒別的意思，只是覺得你變了很多。當然，我認同你所說的那句話。」

雷皇垂下眼，揮甩了下雷蛇，問道：「要比比看誰先到達終點嗎？」

日天君搔了搔頭，苦笑道：「你的好勝心還是一點都沒變。其實我比較偏向和平相處，不過若是這樣能激發一點速度潛能，我想倒也沒什麼不好。」

說完，日天君回頭對王者道：「王者，能請你聯絡其他在場的城鎮、公會，請他們幫忙嗎？我想與其分開行動，有個統一目標應該會比較省時省力。」

王者一愣，點頭，「我知道了。我來聯絡認識的人。」

點開面板，王者用影像訊息告知認識的城鎮及團隊，保留了病毒這項訊息，用簡單的意思告訴他們目前的情況，並請所有領隊人士聯絡其他認識的人，一起合力幫忙在時間內救出扉空。

「好了。」王者關掉影像訊息，雙手各揉了揉雙胞胎的髮，「我知道要你們去找安全的地方等著一定是不肯，所以我要你們答應我，緊跟著我們，不准讓自己身陷危機，若有危險就立刻逃。我希望你們明白，與其讓自己受傷的猛衝，我真的寧願你們平安的待在後線，所以若是想跟，就要學會保護自己。」

座敷童子和枚木童子互看一眼，認真答應：「我知道！我們不會讓你擔心的！」

「那麼走吧。」

接著，王者抽出冰雪丸，向日天君及雷皇點了點頭，轉身對著後方聚集而來的其他隊友，高聲道：「現在時間剩不到二十小時，想辦法破壞那朵冰花的花莖，一定要將扉空救出來，這就是我們此時此刻要完成的事情，能辦到嗎，各位？」

眾人互看一眼，舉起武器回應王者的問話，大喊道：「能！」

最前頭的槍雨耍轉了下手上的短槍，攤手笑著回道：「對我來說，沒有什麼事是不能的。」

騎在移動魔樹上的嫩B也豎起大拇指，表示自己絕對OK。

王者笑著回身面對前方的冰花，冰雪丸高舉。

「夢幻城——出戰！」

▲▲▲◎▼▼▼

藍光法陣出現於半空，術士與弓箭手將技能全集中於法陣中心。

一個、兩個、三個。

無數圖騰在法陣中心堆疊，最後融合成彩色的三層法陣，法陣以不同的走向繞轉，一道光球也在最前方凝聚出現，直到法陣定位之時，咻的一聲，光球射出一道強烈的白光直擊花莖中截。

「磅碰！」

光芒炸出大量的碎冰與光火，強風將衣物吹得狂亂，沒想到讓眾人驚愕的卻在後方，只見冰霧消失之時，終於炸出一個窟窿的莖幹居然從下截攀出無數冰刺與冰藤蔓交雜覆蓋於窟窿之上，冰與冰融合，破洞的花莖再次修復重生，而周圍原有的房屋卻在不知不覺中消失了蹤影。

轉眼觀望，才發現中央城鎮竟已少了一半的屋舍與土地，地上與屋角幾乎都生長出吸取數據結構的結晶體。見此情景，某些玩家心裡也開始產生退卻之意。

「不准後退！」

突如一聲低喝，嚇得原想退步的人停住了腳。

一名看似十六來歲的少年穿過人群走上前，一雙深紅眼瞳露出令人畏懼的威嚴，「漓夏城」城主烈風視線掃過那些想打退堂鼓的人，大聲道：「我們漓夏城不是畏戰之城！所以任何人都不准給我後退，把你們想逃跑的心收起來！」

「但是城主，你看看那些屋子，這已經不是正常的遊戲任務，你我都知道要是繼續待在這裡，說不定連我們都……」

「你是怕會死在這裡，回不了現實嗎？」烈風冷哼一聲：「哪個人不是在這裡相處一年半載的？我們在這塊土地認識了彼此，在這裡學到了許多的事情，現在這座世界需要我們幫忙，我們就該報答這份恩情，如果說真的回不了，那麼至少也要在這裡光榮的戰到最後一刻！」

烈風環視眾人，說：「大家應該也曾經有過這樣的想法吧，認為待在線上遊戲比待在現實更好，不懂得與人平心靜氣的說話，將別人的給予認為理所當然。我就曾經這樣過……」

現在回想，那時的他過於可笑，老是將別人給他的任何東西、忍讓都認為理所當然，連話語都懶得與對方說上一句，但是後來，他發現自己大錯特錯，發現自己對待事情、對待人那錯誤的態度。

「直到在這裡與你們創立了漓夏城，和大家相處後我才知道，那時的我不過就是個幼稚的小鬼罷了。我不能失去你們，但更不能失去這個世界，還有那一座我們一起創立的城鎮，如果失去了這裡，那麼回到現實的我們是不是還能像現在一樣坦然面對對方，老實說，我沒把握。」

「我可以將這句話默認成是烈風你的道歉嗎？」

後方傳來低柔的女聲，烈風回頭一看，露出訝異的眼神：「柳曉月！？妳怎麼會在這裡？」

修剪一頭芥子頭，身穿學生服飾的少女手持與形象不符合的彎月長柄刀，「墮鬼城」的城主柳曉月微笑著，理所當然道：「既然烈風你都參戰了，我當然也要一起來，因為我相信一加一大於二嘛。況且……」柳曉月指了指自己手上的鐲環，「收到王者的請求，不幫忙說不過去。」

「要不是曉月城主堅持要過來，我才不想蹚這渾水。」一身穿黑色ＯＬ服飾、臉戴金框眼鏡的女子從柳曉月身後冒出，雙手抱胸，不滿的努了努嘴。

仔細一看，女子的下半身居然是魂體的尾巴。

另一邊也冒出了一名下半身一樣是魂體尾巴的男子，男子身穿一襲白色西裝，他微微傾身，對烈風行了禮，「抱歉，烈風城主，請原諒蘭小姐的心直口快，她沒這意思。」

「岧連，閉嘴，我就是這意思，我老早就看這小鬼不爽很久了，之前竟敢那樣對待曉月城主，不要以為現在改進了一點就可以一筆勾銷！」

「蘭蘭。」

柳曉月微笑的喊了聲，曇蘭天一瞬間閉上嘴巴。明明是無害的笑容，但卻讓人背脊發涼。

「烈風，別在意蘭蘭說的話，她只是嘴快。」

烈風聳了聳肩，表示自己本來就不在意，畢竟對方嘴裡罵的也是事實，而他並不想多做什麼辯解。

「那麼漓夏城的城主，請讓墮鬼城獻上一份力吧。」柳曉月微笑著，同時她的身後憑空冒出無數青藍火光，龐大的鬼族群瞬間一個接著一個出現，不管是有腳的還是魂體的全都早已手持武器，還有人站在骷髏戰車上一臉慷慨赴義狀。

烈風雙手扠腰，微微一笑，「居然整城出動，沒人反對？」

「只要是為了《創世記典》，大家樂意獻上自己所有的力量。」柳曉月從眾人讓出的空道走到最前方，左手一反繞，刀鋒盤轉，最後雙手一握穩住刀身。

柳曉月手持「破河明月刀」壓低身勢，銀色護甲同時包覆在衣服之上，修剪漂亮的指甲瞬間暴長成銳利黑甲，像是梵文的紋路竄爬上四肢，臉龐被一張半面的紅色角鬼面具遮蓋。

原本柔弱的眼神瞬間變得利如鬼神，散發無形的魄力。

柳曉月直視冰花，身穿鋼鞋的右腳朝前重踩，沙土往下陷了下去，有吞噬能力的黑暗氣體從腳底散發而出，環繞於柳曉月周身。

她刀口直指中央的龐然大物，低聲喝道：「——嗜骨．幽冥葬！」

「碰！」

無數幽鬼骷髏如同炮彈般的從刀口狂竄而出，直擊冰花莖根。

一聲巨響，地面傳來劇烈震晃。

「墮鬼城——出戰！」戰車上的人同時高喊，手持武器的鬼族瞬間喧囂前衝，驚人的氣勢引來周遭其他團隊的注目。

「好了，別輸給墮鬼城，不然以後出門都沒面子了。」烈風抽出腰間的寬柄刀，領隊前衝。緊接在後的則是一直跟隨在烈風身旁的護衛士。

城主搶先入戰場，士兵哪有不追隨的道理？

本來想退步的人在看見墮鬼城的氣勢和烈風的帶領後，互瞧了一眼，隨後拋棄原想逃跑的念頭，手持自身的武器跟著再次加入戰場。

「漓夏城——出戰！」

▲▲▲◎▼▼▼

碧琳闔著的眼皮動了動，但是卻沒有睜開。

她無法使出任何力氣，只能感覺到身體像是被什麼東西從背後托起般的飄浮，但是手腳卻又重如鉛塊，她分不清楚這是真實的感覺還是在做夢。

在這樣虛幻浮沉之間，她似乎聽見了很多的聲音，像是吵鬧般的喧譁，很熟悉的語調，她記得……但是卻又想不起來是誰。

終於，原本沉重的眼皮減輕了重量，只是當碧琳睜開眼時，她所看見的並不是病房的白色天花板，而是無法看見任何事物的黑暗環境。

碧琳坐起身。

她摸不到任何物體，也看不見自己所在的地方是什麼樣的景象，只覺得胸口的地方很悶，悶到她難以呼吸。

突然的，一道聲音從遠處傳來。

她聽見了那個人低聲哭泣的聲音，不知道為什麼，胸口的悶變成了疼，她不希望對方再繼續哭下去，卻無法阻止。

「不要哭了……別再哭了！」碧琳壓著喘不過氣的胸口大聲喊著，就像是要排解長久以來的憂愁般宣洩著。

她知道自己並不是討厭這哭聲，而是因為她不想見到那個人哭泣。那個人為她付出一切，又為了這身軀殘破不堪的她而哭，不值得。

「別再哭了……」

眼淚滴落在地，在黑暗的地面引起反光的漣漪，一滴、一滴。

碧琳用手、用袖子胡亂擦拭臉上滾落的淚珠，卻還是無法抑止心裡深處傳來的悲痛。直到一雙小手探進她模糊的視線裡，握住了她拚命擦拭眼淚的手。

碧琳抬起頭。

那是一名穿著白色洋裝與紅鞋的短髮女童。

女童用她的小手幫碧琳小心翼翼的擦掉再次落出眼眶的淚水，露出笑容詢問：「妳還記得妳和我的約定嗎？」

——約……約定？

碧琳並沒有將話語說出口，但女童卻像是知道她心裡的想法，伸手指向某一方向。

碧琳順著女童手指的方向望去，只見黑暗的空間裡不知何時開闢出一個像是影幕般的場景。

那是灰黑色調的靈堂，壇上的照片裡是一名露出溫和笑容的美麗女子。

靈堂前，兩名身高相差些許的男女孩童互牽著手，從那顫抖的肩膀可以知道男孩很悲傷，只是隱忍著不哭，因為他要是哭了，就不知道要用何種立場來安慰女孩了。

「妳還記得那時候妳說過的話嗎？妳答應過的，不管在任何時刻，不論開心或是難過，絕對會……」

碧琳望著前方的景象，她看見畫面裡的女孩微微的縮起手，對著照片小小聲的說了幾句話，然後，男孩的肩膀終於停止顫抖，彎腰抱住了女孩。

啊……是啊，她和那個人約定，也和自己約定過的……

「不管在任何時刻，不論開心或難過，絕對會陪伴在科斯特哥哥身邊，就像他一直保護著我一樣，永遠的保護他。」

但是……

碧琳舉起雙手，看著自己纖瘦的手指，觸摸那無力撐起雙腿的膝蓋，她垂下眼，露出苦澀的表情。

連站都站不起來的她，根本保護不了誰。

「我連我自己都顧不好了，更別說要保護誰了，所以……對不起……那個約定，我做不到。」碧琳哽咽著搖頭。

她比任何人都想要做到這件事情，但現在的她……連站都站不起來，更別說要保護誰，她做不到。

女孩突然用雙手捧住碧琳的臉，認真否定她的話語：「不對、不對！妳可以做到，因為妳……不是已經可以站起來了嗎？」

碧琳一愣，低下頭，只見原本坐著的自己竟在不知何時早已站起了雙腳，她無法理解，只能小心翼翼的動了動腳趾。

腳趾憑自己所能而動，而她也能感覺到腳底踏實站地的觸感。

好像，有什麼東西在腦海裡衝撞。

碧琳努力的思考著，想抓住那應該是她「要記得」的訊息。

一瞬間，黑暗的空間跑過無數的片段記憶，有現實中她與科斯特相處的回憶，也有她在遊戲世界裡加入白羊之蹄認識許多人、解任務的回憶，令她訝異的熟悉影像一幕幕堆疊，掩蓋住原有的黑暗，讓空間轉眼變得光潔明亮。

腦海的衝擊終於平靜下來，她想起在自己身上發生了什麼事情，記得她忍著身體不適進入遊戲，也記得她在扉空面前用著殘破的姿態消失，還有這顆心臟曾經在某一瞬間停止跳動。

當碧琳釐清一切思緒之後，原本從遠處傳來的模糊喧譁瞬間變得清晰，她終於聽見那些聲音在說些什麼。

許許多多的驚慌語氣，述說著那座世界的不平靜。

「為什麼……我……」那些聲音應該是不可能傳進她耳裡的，但為什麼她卻聽見了那些話語？

女童牽起她的手，抬起頭來望著碧琳，懇求著：「請妳遵守與我的約定，好嗎？」

「妳想要我做些什麼？在這裡的我……還能做些什麼？」

她清楚的知道自己在來到這裡之前發生了什麼事，她不知道自己現在是否還活著，這副狀態的她還能做些什麼呢？

她根本無法睜開眼去看看現實所處的地方啊！

這樣的她還能去哪裡？還有什麼能力去做其他的事情？

女童垂下眼，一瞬間，白光瀰漫世界。

碧琳啞然的看著女童在她面前變成了自己所熟識的那一人——女子並沒有靈堂相片裡的微笑，只有深深的悲傷。

「碧琳，請妳替我保護他，保護對我們來說重要的那個人。」

▲▲▲◎▼▼▼

好不容易搶救回心跳的少女從急診室被推到加護病房。

病床上的少女緊閉著眼，口鼻罩著氧氣罩，從那緩緩覆面的白霧可以知道少女現在的呼吸極為虛弱，裝載在床邊的心肺維持儀器傳來緩慢且規律的「嗶」聲，床邊身穿隔離裝的護士將儀器做好最後的微調，並將滴管的速度調整好，一邊記錄少女的狀況一邊與醫師進行討論。

石川站在病房外等待，透過玻璃窗擔憂的看著房內的少女，手裡握著的手機顯示他打了三十幾通對方都未接的號碼，電話還在持續撥號。

「科斯特到底到哪裡去了……」

他明明交代過要他別亂跑，但誰知道他停好車、趕到急診室前的時候，竟然完全不見科斯特人影，找遍整間醫院都找不到人，打電話也沒人接。他很怕科斯特會不會是去做什麼衝動的事情，卻又無法扔下正需要人看護的碧琳不管。

將轉語音的通話掛掉後，石川摘下眼鏡揉了揉疲累的眼。

決定好今夜的看護處置後，護士與醫生一起離開了病房，開始向石川說明目前少女的狀況。

自動門輕聲合上，隔絕房外的交談。

恢復寧靜的病房裡，可以清楚聽見從氧氣罩裡傳來的和緩呼吸聲，呼吸裡夾雜極度細微的音量：「不可以……哥哥……」

這時，置於床尾櫃上本該是無法連線的黑色電子錶突然發出微弱的規律聲響，一聲又一聲，最後與病房內的心跳儀器合而為一，在鈴聲到達第十二響時，手錶的螢幕被一行字所取代——

「Game Start!」

▶▶Loading...

第五伺服器

我們所能做到的事情……

圓管空間飄盪著無數的彩光粒子與數以千萬的程式碼，ＥＰ１和ＥＰ２正朝盡頭飛去。

一道鎖門憑空而生，ＥＰ２伸出手掌直對鎖門，機械般的觸手從袖下竄出，一瞬間便將鎖門打個粉粹。

穿過破碎的殘片，兩人繼續前進，終於，一道緊緊閉合的合金門映入眼簾。

ＥＰ１和ＥＰ２互看一眼，毫無猶豫直接朝門板衝撞而去。

合金門變得如柔軟的細長絲綢，順著兩人的前行而分散。白色占據視線，ＥＰ１和ＥＰ２飛出盡頭。

衣袍擺動，雙腳緩緩的從空中降落至地面。

一踩在地上，兩人也開始觀望目前自身所待的空間。

他們順著柳方紀所給的ＩＰ位置追蹤而來，照理來說這裡應該是林月的主機內部沒錯，只是一切和想像中的不太一樣。

「這地方也太……」ＥＰ２往前走了幾步，轉著頭探看這方方正正的白色空間。

沒有門，也沒有窗，只有上方剛剛被他們強行突破的洞口。空間裡沒有其他多餘的物品，只有以中央那隻巨大的裂嘴黑狗娃娃為中心所堆成的玩偶小山，四周也散落躺著無數隻小型的縫布玩偶。

ＥＰ１撿起腳邊的小熊玩偶，由鈕釦縫製而成的雙眼，與那用線縫出扭曲歪斜的嘴，某種感覺油然而生，但ＥＰ１卻不知道該如何形容。

「這裡會是林月的主機嗎？感覺這裡就像小孩子的玩具房，不太符合一個歐巴桑的形象。」

ＥＰ2撇了撇嘴。

「她才二十七歲。」ＥＰ1嘆了一口氣，對於ＥＰ2遇到討厭的事物就會加以醜化汙衊的嘴巴只能表示無奈。

「哼，誰管她幾歲，就算創世的資料庫有登記，那也不代表是真的，反正心智醜陋的傢伙都是歐巴桑！」

「不對喔，母親大人是這世界上最漂亮最年輕的，才不是歐巴桑呢。」

突然冒出的聲音讓ＥＰ1和ＥＰ2趕緊轉過身。

原本空無一人的角落不知何時出現了一名看似與ＥＰ1年齡、外表相似的少年。少年身穿與房間融為一體的白色服飾，懷裡抱著兩隻貓咪玩偶，一藍一綠，如同ＥＰ1及ＥＰ2身上的色彩。

看著對方胸口那顆微微發光的紅色圓石，還有那不像正常人的寶石眼睛，ＥＰ1沉下臉色。這個人應該不是人類的意識，有可能是林月主機的防衛系統，但，為什麼他會感覺到一股違和感？

少年微微一笑，開口道：「歡迎你們到我的房間來，我是Artemis，母親都叫我ＡＲ，你們也可以叫我ＡＲ。」少年露出如同孩童般的單純笑容，「終於和你們見面了，我的哥哥和姐姐。」

粒子凝聚成獸人的身影。

▲▲▲◎▼▼▼

伽米加一上線就立刻發現到四周的街道景致變得很不同，許多破瓦飄浮上天，屋舍東破西殘，旁邊還有許許多多凝結的冰晶。

伽米加收回視線，想起自己重新上線的目的後，趕緊打開隊友名單，看見扉空是上線狀態，他立刻遞送了影像訊息的請求，但是卻遲遲沒有被接應，改使用密語卻是無法聯繫的狀態。

沒辦法之下，伽米加傳了文字訊息過去。

「扉空，我能跟你談談嗎？」

沒有任何的回應，伽米加再傳訊。

「扉空，沒早點跟你說清楚我就是夜景項是我不對，但我真的不是有意要隱瞞，我是在現實中見到碧琳後才發現扉空就是科斯特你，不過也許那時我是該先向你坦白，我很抱歉，讓你覺得自己被欺騙、被隱瞞，我真的想跟你好好的道歉，重新成為朋友。」

「碧琳發生了這樣的事情，我也不願意樂見，但我相信她會好轉的，說不定現在她已經醒過來了。」

「扉空，你知道中央城鎮突然出現的那一朵大冰花嗎？那跟你是不是有關係？」

「你有看到我的訊息嗎？你現在在什麼地方？我過去找你。」

「扉空，就算是一個字也好，你能回覆我嗎？」

伽米加傳了一句又一句的訊息過去，卻未能得到一句回覆，這讓他很著急，只能不自覺的望向遠處的冰花。

參戰詢問框在眼前突然跳出，趕緊讀了下內容，伽米加咬了咬牙，按下參戰鍵，隨後跑向中央競技場的方向。

無法得到回應的伽米加只能親眼去看看事情的真相，他希望他的預感是錯誤的，他祈禱那個人的平安。也許，扉空正在哪裡獨自一人看著他傳的訊息，因為生悶氣所以故意不回，他真的很希望是這樣。

路中央突然崩裂出一個大黑洞，好在伽米加及時剎住腳，才沒直接摔下去。

伽米加左右張望。此路不通，他只好往回跑，從右邊的小巷道繼續往競技場的方向前進。一路上，周圍的屋舍越變越少，最後只剩下遼闊的空地，完全不用再東鑽西繞，伽米加直接跨過一小截的牆垣。

前方朝冰花進行攻擊的龐大人群令他的視線一瞬間感到暈眩。

握緊拳，與印象中一模一樣的冰花就呈現在眼前，不是圖片，而是真真實實的，這讓伽米加頓時不知道該如何是好。

打開訊息欄，扉空依然未回覆，不安的預感在心裡驟生成形。伽米加四處探望，直到視線捕捉到一抹熟悉的色彩後，他趕緊衝進人群裡。

「波雨羽！」

回身俐落的打碎襲來的冰藤蔓，企圖接近冰花底根的波雨羽停下腳步，回頭看著一邊朝自己跑來，一邊跳著閃過冰刺的伽米加，面露訝異。

「伽米加！？你不是下線了？」

「我……先別管這個，現在是什麼情況？」

被一詢問，波雨羽頓時沉下臉色，也在同時，幾條冰藤蔓朝他們的方向飛快竄來，波雨羽趕緊架好落櫻正要出戟，沒想到一把細長的西洋劍卻更快的從一旁冒出，三兩下就將冰藤蔓擊碎。

「別在這麼危險的地方聊天，想死嗎？」明姬手持武器，瞪了波雨羽和伽米加一眼。

「明姬！？妳怎麼會……」

「不只我，其他人都來了，不過為了在這混亂的場面找到你，花了我一點時間。」

明姬說完話的同時，分散的白羊之蹄人員也一邊攻擊突襲的冰蔓藤，一邊慢慢的聚集而來。

「這裡很危險。」波雨羽皺起眉。

「有眼睛的都看得出來，不危險我們來幹嘛？」明姬深吸一口氣，心裡的煩憂因為見到人而終於忍不住宣洩：「你這笨蛋！你忘了我們是『家人』了嗎？我們白羊之蹄不會讓任何一個家人獨自承擔事情，這是你說的不是嗎？結果你現在在做什麼？連個訊息都不發，還是我們自己從參戰名單裡發現你的名字跑來找你，別以為你是會長就可以耍大牌！」

第一次看見總是冷漠表情的少女破口大罵，波雨羽一瞬間呆了，卻又因為覺得新鮮而噗嗤的笑了。

膝蓋被重重一踹，波雨羽瞬間抱著右膝喊痛的跪倒在地。

啊，早知道他當初就買軟鞋，這增高的鞋底真不是普通的硬！

明姬一掌直接推上波雨羽的額頭，揪著他的髮強迫他昂頭直視著自己。

明姬雖然有時候確實很強勢，但她可從沒直接這樣「硬來」過。波雨羽看著近在眼前的臉龐，頓時無法反應，這是他頭一次這麼清楚看見少女眼裡的著急與不安。

一旁的伽米加本想出言勸和，但來到他身旁的公會人員卻跟他拚命搖頭揮手，勸他乖乖的看著就好。

明姬咬牙，重聲道：「波雨羽，我從沒說過我是個好耐心的人，如果你再這樣自以為一個人可以解決所有的問題，那麼我……你休想我繼續替白羊之蹄處理那些繁雜的事務。」

「妳是說……妳要退出公會？」

「沒錯。」

「那那些拉里拉雜的事務怎麼辦？我自己一個人處理很麻煩耶。」

「不會自己看著……」不屑的話到一半瞬間住嘴，因為明姬看見那注視著自己的臉正笑著，那種像是在看什麼喜歡的事物般的溫柔表情讓她很不習慣。

明姬瞬間鬆開揪著的髮，甩了甩手，再次握好武器。她轉身背對波雨羽，說：「總之，下不為例。」

「……好好好，不會有下次了。」波雨羽拍了拍膝蓋，重新站起，順便拿起剛剛置落在地的落櫻。

「波雨羽，我們看見花裡面的人質是扉空。」明姬的語氣恢復平常的冷淡：「最早待在這裡的你，能解釋一下嗎？」

「妳說裡面的人質真的是扉空！？」伽米加臉色一變。

他一直希望冰花與扉空不會有關聯，但現在從明姬嘴裡聽見這話，伽米加很懊悔自己那時在醫院沒能拉住科斯特，他應該要阻止他離開的！

波雨羽看了不安的伽米加一眼，再望向冰花道：「很抱歉，是我沒能阻止。你們應該都看到任務內容的指示了吧，要是沒在時間內把扉空拉出來，那麼，扉空……他會死。」

「你說……扉空會死！？」

不只伽米加難以置信，就連明姬也望來驚愕的視線。

雖然他們已經知道人質是扉空，但卻不知道時間內若沒破壞冰花扉空就會死啊！

「波雨羽，說清楚！」明姬厲聲要求。

波雨羽沉默幾秒，終於傳來嘆息：「這朵冰花不是《創世記典》原有的東西，是扉空從外部帶進來的催化物，如果你們看見了那些飄盪的數據，應該能多少猜測到這些冰正在吞噬這塊土地。這朵花是因為扉空才出現，但也因為如此，扉空現在變成它完整構築的關鍵，換句話說，扉空就是這朵冰花真正啟動前的養分。要是我們在時間內破壞冰花，將扉空平安拉出來，那麼一切就會沒事；但，要是失敗……」

「扉空他的角色會被完全吸收，永遠無法回到現實，是嗎？」伽米加忍住心臟狂跳引來的暈眩，問出他最不想說出口的詢問。

「不只是這樣，現實的他會變成腦死者。」

「腦死？這樣跟死人有什麼兩樣！」伽米加忍不住大吼。

他怎麼能……怎麼能做出這樣的決定？

波雨羽說這冰花是扉空從外面帶進來的催化物生成的，那麼他相信扉空自己應該多少知道這東西的危險性，不管是輕易的放棄自己的生命，或是拋下現在需要他陪在身邊的碧琳，不論他這麼做的原因為何，都不應該啊……他怎麼能那麼做！

「所以現在當務之急是把握時間，想辦法靠近冰花，將扉空拉出來。」

明姬傳來的話語拉回伽米加混亂的心神。

伽米加望向前方，只見明姬嬌小的身影背對著自己。

「十二小時，一分鐘都不能浪費。波雨羽、伽米加，我們會替你們開道，你們就想辦法爬上那朵冰花去敲碎那層冰，把那惹了這場災禍的傢伙給我拖出來就是了。」

在明姬說完的同時，一些白羊之蹄的人也趕緊跑上前，分成兩邊來抵擋不停再生的冰藤蔓。

明姬將西洋劍直舉於眼前，手靠貼於劍身，隨後握住劍柄的右手一退，置於肩側。空氣凝結水氣聚集於劍身環繞，原本稀薄的水氣逐漸增加成數道細水。

明姬步伐一前，劍尖直指前端。

「——無泉湧夜！」

隨著技能的啟動，狂泉從劍尖筆直衝出，凶猛的水流化為巨浪衝過，掃斷一路無數竄升的冰藤蔓與尖刺，最後直往花莖重重撞去。

寒氣竄上水流，將水凍結成冰，朝向明姬凝結而來。

明姬完全沒停下動作，甩手斷卻原有的水流連接，旋身又是一擊猛水撞擊而去，再次撞擊在剛剛的部處，剛形成的冰柱立刻被更強勁的水流沖毀，她劍尖一挑，水氣在凝冰之前便先消散。

道路明顯寬廣不少，趁著冰藤蔓還沒重新生成前，明姬喊道：「快走！」

波雨羽和伽米加互看一眼，趕緊從明姬身旁跑過，而明姬則是揮舞著西洋劍，技能再發，流暢的控制水流的動向，再次又是一擊撞上花莖。

一千多公尺的距離，伽米加四肢並用的疾速奔跑，一邊閃躲再生竄來的冰藤蔓，一邊往冰花接近。

距離逐漸靠近，伽米加半刻都不敢喘息，將注意力全集中在前方的路線。

腳踩的地面突然崩碎，冰藤蔓從地底無預警的衝出，直朝著趕緊跳高的伽米加竄去，企圖抓住獸人的四肢。

在冰藤蔓接觸到鞋底的那一刻，伽米加趕緊踏了下腳尖往旁邊蹬開，在他落地的同時，地面再度裂開，冰藤蔓迅速竄出，閃避不及的伽米加只能眼睜睜看著冰藤蔓纏上自己的四肢，最後一條勒緊他的頸部。

毛髮竄上細薄的寒冰，明知道自己應該要甩開，但被鎖住的呼吸讓伽米加根本難以使力。波雨羽揮舞長戟從中砍斷糾纏住伽米加的冰藤蔓，重新呼吸到新鮮空氣的伽米加趕緊喘了幾氣，拍掉身上凝結的薄冰。

一條接著一條的冰藤蔓從花莖竄衝而來，伽米加趕緊往旁邊跳開，波雨羽則是張開鷹族的翅膀，翻身閃躲，身子一轉飛上天空，落櫻轉向直指底下追來的冰藤蔓，花瓣旋風痛擊而下。碎冰劈里啪啦的往下摔落。

只是波雨羽沒想到，才剛掃落追擊的冰藤蔓，又有另一波冰藤蔓從碎冰之中竄飛追來，他趕緊架起落櫻，但啟動技能的速度根本比不上緊接而來的追敵——

「碰！」

前端重擊戟尖，聚集的冰藤蔓如同綻放的花瓣從中散開。

一瞬間眼前所見變得緩慢，波雨羽咬牙看著冰藤蔓從身側飛過，將所有光芒遮蔽——

「不可以——！」

熟悉的高聲呼喊讓波雨羽陷入訝異，沒想到冰藤蔓也像是遲疑般的減緩了速度。

同時，衣領傳來一道強勁的拉扯，波雨羽從冰藤蔓之中被扯著飛離，身子翻轉了個方向，數片白色羽毛越過波雨羽由上而下的射出，扎入重新追擊的冰藤蔓。

羽根融化成帶有各式顏色的水滲入冰藤蔓，就像是冰遇到熱水一樣，冰藤蔓冒出了白煙，還發出「嘁——」的聲音。

看著剛剛差點吞噬自己、現在卻消散成水氣蒸發的冰藤蔓，波雨羽抬起頭，最先映入眼簾的是一雙雪白的翅膀，那是一名穿著深藍大袍的男性金髮羽人，而在他周圍則有幾個人分散著，抵擋胡亂竄飛的冰藤蔓。

「沒事吧？」男子挑眉詢問。

波雨羽意識到自己是被對方所救，趕緊道謝。

男子笑著搖搖頭，「沒事就好，還能飛嗎？」

「沒問題。」

男子鬆開手，波雨羽也重新拍打翅膀，在空中穩住身子。

「空中並不比地面好作戰，越靠近，那東西跑過來的就越多。嘖嘖，怎麼有種討人厭的既視感。」說完尾句，男子發現自己不小心陷入回憶的抱怨，摸著下巴，重新道：「如果你想接近那朵花，就小心一點。」

「我知道，謝謝你的搭救。」

波雨羽告別男子，轉而望向地面，當他看到某一點時立刻俯飛而下，落降在少女身後，接住她那因為閃躲冰藤蔓而往後跌摔的身子。

少女銅紅的長髮垂落在肩，身上穿著的醫院病服讓波雨羽一愣。

少女抬起頭，碧綠的眼眸對上波雨羽的眼，眼熟感讓波雨羽陷入思考。

——她是……？

下一秒，波雨羽聽見對方用熟悉的聲音喊出：「會長！？」

▲▲▲◎▼▼▼

「碧琳，請妳替我保護他，保護對我們來說重要的那個人。」

存在於記憶之中那張熟悉的面孔對她如此的述說懇求。

那雙本來應該是帶笑的眉眼，現在卻只殘留悲傷，一瞬間碧琳忘了該如何言語，只能不自覺的脫口而出那句呼喚：「媽、媽媽……？」

女子緊緊抱住了眼前的少女，悲傷道：「碧琳，請妳保護科斯特，別讓他越錯越深。」

碧琳突然一愣，對女子剛剛所說的話語不解，她反問道：「哥哥他怎麼了？」

吵雜的交談再次迴盪在充斥著影像的空間裡，聲音越來越清晰。碧琳聽見好幾句話語都提到了那道她熟悉不已的名字，她只能盡量捕捉那斷斷續續的訊息。

終於，她意識到了也許那個人會有性命危害的這件事情。

碧琳啞然的望向女子，希望能從女子口中獲得解釋。

「科斯特他以為只要這麼做就能讓妳重拾健康，他不該和他們做交易。」女子手指觸摸碧琳的臉龐，忍住哽咽，懇求道：「碧琳，現在只有妳能阻止他。」

女子的話讓碧琳一瞬間難以消化，她手壓著頭，努力咀嚼女子話裡的意思，直到最後終於釐清科斯特因為她的緣故要做出危害那座世界的事實後，她慌張道：「但、但是現在的我根本沒辦法進入遊戲……」

從螢幕中發出的話語內容，明顯透露那些聲音的主人正在《創世記典》裡，不過她也很清楚自己現在並不是在現實，連睜開眼都做不到的她又該怎麼使用設備？

即使她現在有多麼的想到兄長身邊，但她就是沒有辦法啊！

女子握住碧琳細瘦的雙手，溫柔的將她側邊的髮絲撥至耳後，輕聲道：「妳必須相信妳自己能夠做到，唯有相信，才能擁有機會去創造奇蹟。相信自己能夠到達那個人所在的地方，就如同妳相信那個世界能夠帶給科斯特成長一樣，妳鋪路不就是希望他能夠放下妳？妳在裡面所藏著的寶藏，就是要他重新去『相信』，不是嗎？」

碧琳回握住女子的手，垂下眼，她將頭埋進女子的懷裡，顫抖著問：「媽媽，我會死嗎？」

女子沒有回話，只是輕拍著那瘦弱的背給予安撫，聽著她所珍愛、卻來不及陪伴成長的女兒的再次話語。

「我很怕我會死掉。如果我死了，哥哥他一定會哭的……哥哥一直以來都是為了我去做任何事情，要是我死掉了的話，他又該怎麼辦？」

「……那麼妳就相信他，即便以後在失去妳的日子裡，他也會懂得珍惜自己，重新追求自己所想要的。」

也許並不見得所有的希望與祈禱都會實現，但至少相信著，相信那個人在失去之後也能過得好，因為她們所能做的、能為他們所做的，就只有這樣了。

「媽媽現在能和我見面，也是因為相信嗎？」

女子垂下了眼，微笑著輕撫碧琳的髮，「是的，我一直都相信總有一天我們會再見面，雖然用著不一樣的方式，但……我的願望確實是實現了。」

碧琳注視著女子，一瞬間好像明白了些什麼。她往後退離女子的懷抱，抿著唇，眼裡像是下了決心般的堅定，「我要去見哥哥，我會去阻止他。還有，我必須相信自己能夠辦到這件事情，對吧？」

女子輕輕點了頭。

碧琳深吸一口氣，雙手握拳喊了聲：「好。」

她轉身背對女子，眺望四周的影像，有遊戲的、現實的，有許許多多令她懷念的回憶，雖然她不知道自己在今日過後是不是還能回去……

不，她必須相信自己才行，她一定要進入《創世記典》阻止兄長的錯誤，就算要抓著他強迫他面對現實也要讓他明白，她並不希望他拿他自己與整座世界來換取她的健康，因為她的身體狀況，她比任何人都還要清楚。

她記得自己與兄長訂下的約定。她會努力的撐到那一刻，所以，也請他停止這場無意義的傷害吧！

吸了吸鼻子，碧琳忍住差點滾出眼眶的淚水，低頭看著自己的雙腳。

看吶，她的腳是完整的，能跑、能跳，就像她在《創世記典》成為青玉的那一刻，她一定能辦到這件事情，進入《創世記典》。

「碧琳。」

身後傳來輕喊，碧琳回望著女子。

「對不起，明明我該陪在妳身邊，看著妳長大，但是卻讓妳遭受到這樣的傷痛。」

她本該看著孩子長大、有了喜歡的人之後組成家庭，然後她能與丈夫含飴弄孫，卻沒想到這美好的未來會在人生的道路上中斷，還讓這孩子……變成現在這副模樣。而她，看著丈夫將悲傷與絕望發洩在兩個孩子身上，卻無法阻止。

「……這不是妳的錯。」

「媽媽，妳知道嗎？他自己來到了我和哥哥面前，向我們道了歉，雖然那時候因為哥哥的關係，我並沒有說出口，但是……」

碧琳注視著女子微愣的雙眼，在淺淺的呼吸之後，露出微笑說：「我已經原諒他了。」

一句話，讓女子忍不住用手遮掩溼紅的眼眶。

「就像哥哥保護著我一樣，我也會保護哥哥，所以，別擔心。」

女子屈身蹲下啜泣。

碧琳雖然想擁抱她，但最後還是忍下那股衝動，只留下一句話：「那麼我走了，媽媽。」

「……路上小心。」

如同孩提時總是在她與兄長出門上學時的叮嚀話語，不同的是，如今聲音卻夾雜著哽咽與無數的愧歉。

碧琳背過身，緩緩闔上眼。

如果這世界上有神的話，那麼請實現她最後的心願吧，讓她有能力能夠保護對她而言最重要的人。

她相信自己能夠找到通往《創世記典》的路，去阻止這場不該出現的錯誤。

她可以的！

碧琳在心裡不停的懇切祈禱，不停的肯定且相信自己能夠到達彼方。突然，黑暗的空間裡開始依稀出現微量光點，最後擴增無數，照亮路途，紅色的細線像是織布般的逐漸構築成一幅圖畫的樣貌。

臉頰好像有風吹拂而過，碧琳聽見很多吵雜的聲音，是她剛剛聽見的那些說話聲，還有許多東西撞擊的悶響。

一條道路在前方成形，腳步順著意識邁開，碧琳邁步奔跑。

她相信她能到達那個地方，她非做到不可！

許多如軟布般的畫面從道路的前端飄飛而來，畫布裡是眼熟的景致——她在《創世記典》裡到過的所有地方——然後，她看見前端那幅即將完成的織布圖畫，腳步不自覺的加快奔跑。

她順從的朝向那逐漸成形的景象伸長手臂——

「沙……」

一瞬間，赤裸的雙腳踩在沙地之上，聲音變得清晰顯耳，狂風迎面吹拂而來，碧琳趕緊伸手遮掩，直到風止之時她才緩緩的垂下手，睜開眼……

碧琳看著前方正在用技能與魔法攻擊遠處巨大冰花的人群，面露驚愣。

這、這裡是……《創世記典》？她居然真的進入遊戲裡了！不靠設備就……

這是夢？還是她真的成功了！？

看著自己的雙手，碧琳對於自己竟然真的辦到這幾乎不可能辦到的事情感到難以置信。

摸了摸自己的臉龐，身上穿著的病服與紅髮又讓她覺得奇怪，如果進入遊戲世界，她應該會是青玉的模樣才對。擰了自己一下，痛覺終於讓碧琳體認到這是真實而不是她的幻想，激動在胸口飄盪，這根本就是奇蹟了！

——如果說連這樣的奇蹟都能實現，那麼……

穩下心神，碧琳觀望遠處的冰花，直覺告訴她科斯特就在那裡。看見前方的人因與胡亂竄飛的冰藤蔓纏鬥而受傷，碧琳用盡力氣的大喊：「哥哥，快點住手啊——」

「碰！」魔法球砸上冰花炸出劇烈火光，熱氣旋風向外「轟」的掃過眾人，沒有擬態的碧琳因為站不穩而被吹得摔坐在地。

手掌傳來隱隱刺痛，衣物也出現幾乎磨破的擦痕。她的手上沒有遊戲設備的手鐲，沒有屬於青玉的擬態，也沒有紅藥水或傷藥可以補充，在這裡的她比任何人都要更容易受傷，或許若是不小心有了致命的傷害，還有可能會死。

第一次在遊戲世界裡，碧琳不再是期待，而是害怕。但她知道自己不能光是躲著，她來到這裡是因為她有想要做的事情。

雙手交握著，碧琳深深呼吸壓下心中的害怕，她不停的告訴自己「別怕」、「我必須做到」、「我能做到」來激勵自己。

她必須保護兄長，所以她要把握時間。

碧琳低頭。她現在唯一僅有的籌碼就是這雙腳。

咬了下唇，碧琳終於邁開腳步衝進前方的人牆，從中間的空隙鑽入人群裡。

各處都是從地面竄出的冰藤蔓，還有刀劍與技能在眼前飛來晃去，碧琳一邊彎腰閃躲，一邊靠近人群的最內圈。

刀口與冰藤蔓突然在眼前相撞，差點撞上的距離讓碧琳趕緊剎住腳步，但也因為如此而跌坐在地，一名拿著戰斧的男子在與她僅剩不到三十公分的地方用力揮砍一次又一次再生的冰藤蔓。

左右張望，全是混亂的腳步踩來踏去，碧琳抱頭往旁邊偏過身子，一隻腳也在同時踩上她身旁的空地，驚險的場面讓碧琳嚇了一跳，她半刻也不敢久留趕緊從地上爬起，往後退離那名陷入纏鬥的戰士。隨後她看了看，移了腳步跑向比較少人的方向。

遠處的半空有道人影被冰藤蔓追著飛，眼熟的身影讓碧琳瞪大眼。

「那是……！？」

這下子顧不得要找最容易接近冰花的安全路徑，碧琳一股腦的直直朝前衝，看見空隙就擠過去，也不顧是不是會干擾到其他人的作戰，最後她終於衝到了人群的最前方，看到遠處跪在地上咳著的獅獸人。

碧琳朝伽米加跑去，可她跑沒幾步，一顆魔法球突然從身子後方飛出，強烈的熱意讓碧琳嚇得停住腳步，魔法球重重砸在伽米加後上方的花莖部分，花莖雖然落下碎冰，但很快的缺口又被冰藤蔓與冰刺補齊，隨後她眼角捕捉到天空的身影。

碧琳看著追上半空中的冰藤蔓散出如花瓣般的數量，幾乎快將鷹人吞噬。

「不可以——！」

碧琳大喊著，也在同時，冰藤蔓出現了一瞬間的遲疑，波雨羽被另一名進行空戰的羽人拉出攻擊範圍，在對方的反攻下，追擊的冰藤蔓瓦解變成了水蒸氣。

胸口的不安因為波雨羽的獲救鬆了一口氣，但就在碧琳將視線重新移回前方時，她怎麼也沒料到腳邊的地面會突然裂出一道縫，等她察覺並趕緊往後退時，沒想到褲管還是被鑽出的冰藤蔓擦出了一道口子。

疼痛讓碧琳往後跌，也在同時，一道身影閃到她的背後接住了她。

碧琳回頭一看，熟悉的臉龐讓她忍不住喊道：「會長！？」

波雨羽一瞬間出現呆愣神色，耳熟的語調讓他遲疑的詢問：「妳是……青玉？」

碧琳趕緊翻身爬起，點了點頭，「對！是我。」

波雨羽從呆愣變成吃驚，觀察對方身上的衣著與那絲毫看不出任何遊戲擬態性徵的臉龐，他問：「妳、妳怎麼會是這模樣？」

雖然第一次見到少女的真實樣貌讓他驚訝，但讓他更無法了解的是，為什麼在遊戲裡本該擁有松鼠特徵的她會是以現實樣貌出現。

碧琳摸著自己的頭髮，低頭看了看，隨後抬頭道：「發生了一點事情……對了，現在不是聊天的時候，會長，請你幫幫我，我要到冰花那裡去！」

▲▲▲◎▼▼▼

充斥著無數玩偶的白色空間，EP1和EP2正與那名自稱為AR的少年面對面相看。

AR面帶笑意，但對面的EP1和EP2卻是靜默不語。直到最後，EP2率先打破沉默，她挑眉道：「哥哥？姐姐？別隨便亂喊了，我可不記得有你這麼一個弟弟。」

外表比她年長的弟弟，怎麼看都不像話。況且Eraprotise系統所分構而成的AI就只有她和EP1，絕對沒有第三者，這聲姐姐的稱呼她可擔不起。

「你說你叫Artemis?」EP1皺眉詢問。

被稱呼全名，AR似乎感到非常的開心，他笑著點頭說：「沒錯呦，這是母親替我取的名字，很好聽對吧！」他手指在空中揮舞，哼了一段輕鬆的小曲，繼續道：「母親說過，這個名字，代表著她的希望。我啊，是母親的全部，是她最重要的人……噢，不對，母親有說過，哥哥和姐姐對她來說也一樣重要。」

說到這，AR俏皮的嘟嘴點了頭，喜愛的摸著懷裡的布偶，「AR是因為EP1和EP2才會誕生的。那時候母親以為哥哥和姐姐都不見了，她好傷心，所以才會創造了我。但是我一直都知道喔，你們都還存在著，而且你們終於來找我了，我好開心。」

「既然你很開心，也認為我們是你的哥哥和姐姐，那麼是不是該聽話的讓開，將主機的操控權讓出來！」

身為行為衝動派的EP2根本不想浪費時間聽AR的述說，她毫無繼續交談的意願，打算用武力來搶到林月的主機操控權。她突然右手用力橫甩，一條銀色的合金觸手瞬間從袖下竄出，打向AR——

「啪碰！」

觸手落空，僅狠狠掃過一堆玩偶，玩偶被打得飛天又落地，與地面撞擊出碎星般的數據。

AR「嘿呦」一聲跳落在旁邊的玩偶堆上，懷中抱著的玩偶從未放手。

「這是不行的。比起哥哥和姐姐的話，母親的命令對我來說才是最重要。我是由林月創造的

ＡＩ智慧『Artemis』，也是她任命的主機防火牆，若是哥哥和姐姐想搶奪主控權，那麼，我也只能破壞掉你們了喔。」

ＡＲ一臉無辜，就像是在說一件偷吃糖的小事情，但ＥＰ２卻是聽得牙癢，電子線路般的銀藍裂痕攀上ＥＰ２的臉龐，四肢被無數從袖口、裙下竄出的觸手取代，觸手瘋狂擺動，就像自地獄而出的惡鬼。

她不管他那副討人厭的態度是被設定還是裝出來的，她要讓他知道，膽敢阻擋她，那麼就等著被她咬碎！竟敢破壞那個人所待著的世界，就是找死！

「ＥＰ２！」

ＥＰ１還來不及阻止，只見ＥＰ２瞪著眼，直接猛力甩出右手。

無數觸手如同追蹤的子彈，飛快的朝著ＡＲ飛擊而去。

ＡＲ偏了下頭，腳步一蹬輕鬆的閃過直擊而來的觸手，觸手二度落空甩打在玩偶山，無數玩偶被打飛上天咚咚咚的朝外散摔，一座山堆瞬間變成凹凹凸凸的窪地。

ＡＲ落在巨狗玩偶的頭頂，蹲下身，將懷裡的玩偶放下。

注視著相互依偎靜坐的貓咪玩偶，ＡＲ寶石般的藍色右眼瞬間閃爍光芒，眼周的裂痕擴增到顴骨之下，且如同電路漾起紅光。

ＡＲ垂下眼，在身後的鋼鐵翅膀展開之時飛上空中，側身一翻，俯身朝ＥＰ２飛去。

風聲在耳邊呼嘯，金橘的亮髮激烈飄動，ＡＲ的眼直鎖在ＥＰ２身上。

ＥＰ２咬牙，觸手甩打上天——

ＡＲ身子盤旋翻轉，從觸手間的縫隙閃飛而過，身形毫無阻礙的俐落穿梭在瘋狂飛擠的觸手群裡，他拍打翅膀翻轉了身，腳尖在飛竄的觸手上重重一蹬，展翅的身影飛到更高空，視線一轉，ＡＲ注視底下的兩道身影，隨後一瞇眼，再次朝ＥＰ２俯飛而去。

「光會飛沒有用！」

ＥＰ２手勢轉了位，觸手順勢形成一個弧形波浪朝前甩去，一根一根堆疊瀰蓋，如同攀附滿滿荊棘的繩索，爭先恐後的朝向半空飛來的人影攻擊而去，無數觸手掩蓋雙方的視線。

她就不相信這次的攻擊他還能閃過！

突然，飛竄而去的觸手一瞬間終止速度，就像是抵在什麼物體上，強大的抵擋力道讓ＥＰ２臉色一變。

「啪！」

集中的觸手被另一道更強勁的衝擊打散，如同失根的花蕊扭曲潰散，ＥＰ２難以置信的眼瞳裡倒映出從前方散開的觸手中飛竄而來、和她幾乎一模一樣的鋼鐵觸手。

——就像是她的複製品一樣。

竄進腦海的想法讓ＥＰ２陷入呆愣。

觸手直擊而來——

「碰」的一聲巨響，火光閃耀眼簾。

▶▶Loading...

第六伺服器

羨慕、寂寞與孤單……

Create Dream Online

紅色高跟鞋隨著主人的愉悅心情而踏步旋轉，林月雙手在半空輕晃，嘴裡哼著輕鬆的樂曲。古老的鄉村民謠，是她最愛的一首。

即使只有自己伴奏的音樂，林月依然可以跳舞，就像是牽著某個人般，右手橫伸輕握。外人看見的是空蕩蕩的處所，林月卻是陷入自己的幻想，看見一名她再熟悉不過的男子，她和男子相視而笑，兩人跳著盤旋的華爾滋。

突然，螢幕裡冒出一塊面板，面板上不停跳跑無數段程式結構碼，林月停下舞蹈，看著那被一一破解的鎖碼，她來到機臺前，手指飛快的在鍵盤上敲按，一塊更小的面板從右下角冒出，隨著林月的打字而出現一段程式結構碼，結構碼下方竄增好幾段句子，最後在停止跑動的那一刻，尾部顯示出一段ＩＰ位置。

林月閱讀那段ＩＰ位置，眉頭先是一皺，隨後舒展挑眉，她拉過椅子坐下，修長的雙腿交叉蹺放，雙手環胸道：「沒想到創世那群人的動作會那麼快，居然有辦法找到我的ＩＰ，能用那種速度破解那些鎖碼確實讓我挺意外的。不過我想也是，有柳方紀在，那些鎖應該也擋不了他們，不過……」

林月將外袍的領襬交叉拉挺，起身拍了拍椅背，看向那原本跑動的程式碼像是卡在某個節點般的停止了下來，她笑了，「光靠人類的頭腦與手指是敵不過ＡＲ的。柳方紀，你注定只能當個劊子手，救不了那個可憐人的，呵呵……」

緊閉的玻璃門扉隨著小小的氣音而開啟，打斷林月的笑聲。

林月回頭，在看見走進房間的男子時，她難以置信的瞪大眼，「柳方紀！？」

柳方紀走進研究室，朝四周張望一眼，最後視線定在林月呆愣的臉上，聳了聳肩道：「還以為這裡至少會有組桌椅，沒想到是超級空曠……噢，看見老朋友不給張椅子坐坐嗎？」

柳方紀一派從容的樣子讓林月腦中一片混亂。

為什麼柳方紀會來到她面前？

對方不可能知道她在這裡才對啊！

如果說柳方紀在這裡，那麼現在正在破鎖的人是誰！？

林月死瞪著螢幕，她想不透能用那種速度破解她鎖碼的人還有誰，據她所知，創世裡面根本沒有這種人才，就算是那些人通力合作，也不可能速度如此之快。

「覺得很納悶嗎？為什麼我會知道妳在這裡，還有到底是誰在破解妳的主機鎖？」一眼就看透林月的慌亂，柳方紀擺了擺手。鏡片的反光讓林月看不清他的表情，只聽見他聲音不高不低的說道：「林月，要嘛就衝著我來，何必把無辜的人拖下水？」

「……衝著你？那豈不是太便宜你了！」收起慌亂的表情，林月不屑的哼了聲，嘴角揚成扭曲的角度，「只是讓你受傷，對我來說根本連餘興節目都稱不上。但，如果讓創世背負一個人的性命，那就不同了。」

「線上遊戲最大的禁忌就是讓玩家發生意外，《創世記典》要是有個玩家因為遊戲不當而變成腦死者，到時候可不是開開記者會解釋那麼簡單，別說《創世記典》一定會被強制下架，以創世作為虛擬子公司的齊向貿易也會跟著整間關閉吧。喔，對了，齊向貿易的老闆好像是你的親戚，對吧？」林月拍了下掌，愉悅不已的說：「哇塞，想到我就開心到不行！」

「如果真的變成這樣妳也逃不掉，這樣對妳又有什麼好處？」如果有玩家因為遊戲不當而發生意外，創世確實必須承擔這樣龐大的責任，但身為慫恿者的林月也沒辦法獨善其身，即便她已經不是創世開發團的一員。

林月無所謂的攤開手，笑道：「我無所謂啊，只要能看見你露出挫敗的表情，看見你們這些劊子手遭受報應，要我賠上我的一切也無所謂。」

那是豁出去的決絕。她所做的一切，全是為了此時此刻。

是他們親手毀掉她對他們的信任。

是他親手毀掉她對他的愛。

已經什麼都沒有的她，又怎麼會去在乎那種不存在的虛值東西？就算她因為這次的事情而被判刑、被世人唾棄，那又如何？有創世一起陪葬，不管怎麼算都值得呀！

柳方紀抿成嚴肅橫線的嘴脣微微放鬆，鏡片下的眼不著痕跡的抬起，他問：「林月，究竟為什麼妳要將自己逼到這般田地？」

明知道自己一定會摔得遍體鱗傷，她卻還是執意要毀掉創世的原因究竟是什麼？

「因為我一直愛著你。」

話語讓柳方紀明顯一愣，但他並沒有說什麼，只是沉默的看著林月那雙直視著自己的雙眼。

▲▲▲◎▼▼▼

「碰！」

鋼鐵與鋼鐵碰撞發出巨大聲響，本以為會被直接打飛，但後來ＥＰ２卻發現自己並沒有撞上任何物體，她意外的睜開剛剛下意識緊閉的眼，只見身前擋著一道背影。

「ＥＰ１！？」

ＥＰ１護在ＥＰ２前方，臉上攀上與ＥＰ２相同的藍色光紋。

他不知何時展開身後所潛藏的鋼鐵翅膀，右翅的羽尾直扎入地，宛如一道無法摧毀的高牆，穩穩擋住那如同凶猛蛇類般的觸手。

觸手緩慢拖移，與翅面擦出微光火星。

「你剛剛說你是因為我們才能誕生，但我沒想到會是到這種地步。」ＥＰ１冷靜沉著的直視天上的那一人，「你到底是想成為我們的弟弟，還是成為我們的複製品？」

與他相同的鋼鐵翅膀，與ＥＰ２相同的鋼鐵觸手，集合Eraprotise系統的攻擊與防禦裝載於一身，說是Eraprotise的翻版也不為過。

雖然尚且不足，但他知道，眼前這名ＡＩ應該多少與他們一樣擁有自我的意識功能，而不單單只是聽命行事的電腦系統。

「複製品？」ＡＲ偏著頭，像是想不透什麼問題般的深深皺起眉，「這翅膀是母親給的，這些觸手也是母親給的，和哥哥姐姐所擁有的一模一樣，這樣不正代表我們是一家人？怎麼會是複製品呢？」

ＡＲ漾起甜甜的笑容，「母親說過，我的誕生是為了替哥哥和姐姐報仇，為了將傷害你們也傷害母親的那些人毀壞殆盡，所以要用你們的『手』來做才行呀。」

從剛剛ＥＰ１就一直聽著ＡＲ的話語、觀察他的行為。

這名叫做Artemis的ＡＩ，讓人摸不透。

ＡＲ說自己期待著他們的到來，這句話確實不假，畢竟相互為程式，他很容易能夠感應到對方的情緒波動；只是他不懂，ＡＲ明明擁有自我意識，心智話語卻如同幼童，讓他感覺到一股不對勁……ＡＲ就像是上了妝的小丑，特意做出某些行為來取悅觀眾，只是他找不出ＡＲ想隱瞞的是什麼。

在ＥＰ１陷入沉思的同時，逃過一劫的ＥＰ２卻是聽話聽到怒火中燒，她憤怒咆哮：「說了那麼多，還不就是想把你們現在所做的壞事扭曲成正當！看我怎麼把你抓下來，痛揍你一頓！」

她不像ＥＰ１，在這時刻還會分析思考，也不認為自己在面對對手時應該要試圖了解對方的立場與企圖，因為她不是護盾，而是刀刃！

她要做的事情只有一件，那就是不計一切，速戰速決！

比剛剛多上兩倍的鋼鐵觸手從ＥＰ２的雙袖鑽出，越過ＥＰ１作為盾牌的鋼鐵翅膀，凶狠的朝著AR奔去。

數隻觸手竄擠，爭先恐後的直擊。

AR並沒有收回與EP1僵持的觸手來進行抵抗，反而舉起另一隻沒有變成觸手的手掌直對竄來的觸手，藍色的眼發出強烈光芒，一瞬間白色的鋼片從手臂的鋼甲周圍紛紛竄出，片片堆疊覆蓋住整隻右手，變成一個方長的盒體。

盒體前端，二十枚彈孔具現──

「碰碰碰碰碰──」

火光閃閃爍爍，子彈劈里啪啦的射出，與飛來的觸手相撞炸出劇烈火花。

EP2跑出EP1的護衛範圍，雙手直舉增加觸手的數量企圖壓過對方的凶猛槍火，只是她沒想到，對方的子彈並不只有單一種，彈孔隨著槍彈轉換釐徑，夾雜炮彈毫不給人喘息的空間接踵而來，大小子彈穿過無數觸手縫隙，直擊最終的出處。

子彈近在眼前，EP2趕緊縮手交叉護在面前，觸手交纏形成一道護牆，但緊急的防禦還是抵擋不了那不停加重的力道，隨著炸開的火光，EP2整個人被重重回彈後摔，碰的一聲在牆上撞出一個凹洞，跪落在地。

EP1一抽神去注意EP2的狀況，卻沒想到防禦也跟著鬆動，前方的觸手用力一撞，扎地的羽根脫離地面，EP1頓時朝後摔去──

一秒回神，EP1趕緊翻轉身子，雙腳蹬落踩在牆面之上，右翅一揙撞開飛來的觸手和子彈，左手抓起旁邊剛掙扎爬起的ＥＰ2，雙翅開展趕緊飛離原地。

「碰碰碰！」射擊落空的子彈擦撞牆面炸出劇烈火光。

戰鬥還未完結。

原本以為能稍稍喘息，誰知道ＡＲ的槍盒一轉，數枚子彈再次射來，ＥＰ1暗叫聲不好，抱著ＥＰ2趕緊飛閃。

子彈落空噠噠噠的射進牆面引來爆炸。

ＥＰ1沿著牆面急速飛行，身後追擊的子彈卻像是用不完般，砸完一組又換下一組，完全不給他們喘息的機會。

「ＥＰ1，快點放開我，我要去痛揍那傢伙一頓！」

「冷靜點行不行！現在硬碰硬根本不是好方法。」

比起ＥＰ2那衝動的個性，ＥＰ1倒是選擇冷靜面對，即便子彈追擊在後，他依然觀察著整個形勢，試圖找出某個突破點。

——到底有什麼辦法？

——有什麼辦法可以打敗這傢伙？

他本來以為ＡＲ只裝載了他和ＥＰ2的特性，沒想到居然還藏著那樣凶狠的武器。ＡＲ說過他是林月為了報復所開發出來的ＡＩ，如果說與Eraprotise系統一模一樣的攻擊性能與防禦性能是林月對Eraprotise的執著，那麼這個槍火的武器大概就是她個人的私欲了吧。

林月加諸於AR身上的任何程式裡根本沒有「愛」，她只是把她那股扭曲的期望和仇恨扔在這孩子身上。

——如果說是這樣，那麼……

環繞飛行於空間中，EP1捕捉到一絲色彩，在中央的巨偶頭頂上，那一藍一綠相互倚靠的貓咪玩偶。

他記得那好像是AR之前抱在懷裡的玩偶，看那樣子對他而言應該是很重要的東西，那也是林月特地加裝給他的程式裝置嗎？

AR特地將那兩隻玩偶放在巨偶頭頂是怕戰鬥時會受到波擊，還是說有別種原因？

玩偶的顏色是很眼熟的藍色與綠色……

EP1低頭看著懷中怒瞪底下人影的EP2，那衣服的色彩……

EP2的藍……還有他自己身上的綠……

——是林月的執著？

——不，不對，那應該是AR自己的選擇才對。

AR擁有了自主性，那麼他應該是照自己的意思選擇這樣珍愛的物品，並將玩偶放在那裡，只是那處雖然不受波擊，卻也顯眼。

——為什麼？

無數思考輪迴，終於，腦海裡像是有把鑰匙打開了鎖。

如果說他的猜想是正確的，那麼就讓他賭一把吧！

ＥＰ１眯起眼，低聲道：「ＥＰ２，打開妳的攻擊感官，我準備把妳扔下去了。」

「什麼！？」

不等ＥＰ２反應過來，ＥＰ１旋身一轉，直接將ＥＰ２整個人高高舉起，隨後用力朝著ＡＲ扔下！

「唔哇啊啊啊——」

雖然她剛剛是很希望ＥＰ１可以放她下去揍人，但卻不是用這種完全措手不及的方式啊啊啊！

似乎也對於突然朝自己迎面落下的人感到錯愕，ＡＲ一瞬間竟停止了子彈射擊，眼睜睜看著頭頂的身影墜落，最後被ＥＰ２整個人碰的一聲壓躺摔在玩偶堆上。

終於停止自由落體路徑的ＥＰ２晃了晃頭，朝上空發出憤怒的謾罵：「ＥＰ１你這沒品的！居然敢把我當炮彈扔——」

突然，ＥＰ２發現到自己似乎坐在什麼不得了的東西上，一低頭，ＡＲ呆愣的表情映入眼簾，她立刻回神罵了聲：「你這欠揍的小鬼！」

ＥＰ２身上所有的觸手全開，朝ＡＲ壓制而去；ＡＲ也以觸手和槍火回擊。

ＥＰ２偏頭閃過子彈，ＡＲ用觸手回擊對方狂亂刺下的觸手。兩人一來一往的相互閃躲與攻擊，鋼鐵與鋼鐵擦撞出尖銳磨擦音與火花，誰也不肯退讓——ＥＰ２的觸手企圖勒上ＡＲ的四肢，AR也在同時將槍口直抵在EP2面前。

雙方相互對峙。

只要EP2的觸手一動，那麼AR的武器也會將EP2的腦袋轟爛。

兩雙眼裡只剩下對方的身影，但就在這緊迫的時刻，AR的眼眸突然閃過一絲異樣，他選擇脫離EP2的視線，驚恐的朝向後方望去——站立於狗偶頂端，手持兩隻貓咪布偶的EP1。

「不可以！不可以！」

珍愛的玩具落入敵方手裡，AR掙扎著想要爬向EP1，而EP2抓住這時機用觸手捆纏住AR的四肢，還趁機化出一隻小手用力巴了AR的後腦一掌。

「啊啊——放開我！」

AR扭動手腳，沒想到EP2纏得緊，讓他根本完全毫無掙脫的空間。他尖銳的叫著，像個爭取失敗的哭鬧孩童，想要用尖叫聲來讓對方妥協。

「吵死了！」EP2從袖下的觸手中探出兩隻手掌，直接摀住AR的嘴巴，不料對方竟然反咬她一口。

EP2喊了聲「痛」，慌張的對著被咬出一口子的手吹氣，卻沒發現自己的觸手在不知不覺間鬆脫了。一瞬間，下方的AR突然用力翻身，左手的觸手也順勢將EP2整個人打飛。

AR瞪向站在高處的EP1，卻發現原本該在狗偶頭頂的人影竟消失無蹤，他慌張的四處張望，就在此時，陰影從上空落下覆蓋AR的身影。

ＡＲ趕緊抬起頭，槍管與觸手同發，沒想到ＥＰ１竟直接將雙翅作為盾牌交叉遮蓋在身前，即便觸手與子彈一波接一波的撞擊上，卻也無法傷到對方分毫——又或者，拋棄生死的攻擊就是最強的盾牌。

ＡＲ只能瞪大眼，直直的看著朝他墜下的鋼鐵盾牌。

「Eraprotise系統的防禦無人能破，更何況是擁有自我意識的防衛系統。」

曾經，母親用著緬懷過去的回憶語調這樣告訴過他。那時的他剛被創造出來，看著自己身上那些模仿來的東西，他不懂，也認為自己不需要懂。

「但那些傢伙卻選擇抹殺掉讓自己處於優勢的武器，他們下了一個愚蠢的決定，那些劊子手！我會讓他們後悔他們所做的一切，我會讓他們後悔殺掉我的孩子！」

那時候的母親吼著、哭著，為她所失去的孩子們哀傷不已，而她的執著變成了加諸在他身上的重量。他看著自己變成觸手的左手、變成槍炮的右手，還有身後的那對翅膀，他突然有種想要拆掉這些東西的想法，但他知道他不能說出口，因為如果他說了，母親一定會很難過吧，因為她是那麼的期待著。

然後，時間越過越久，在這個只有他一人的空蕩房間裡，他開始學會去改寫他所待處的地方結構，他補充著一隻又一隻的玩偶來陪伴自己，最後玩偶數以千萬如同一座山，但他心裡還是感到很空虛。

直到他趁著母親不注意的時候，偷偷潛入她曾說過的那些劊子手所在的地方，本來是想弄些小惡作劇好替母親出口氣，卻在看見草原上的那兩個人時變得錯愕。

他身上擁有與他們相同的東西，沒來由的他知道他們就是母親口中所說的「孩子」，是他的哥哥和姐姐。

他迷惘不解，為什麼母親所說的應該已經消失的人，現在卻在他眼前開心的玩耍聊天，而他們身旁還陪著一群人……然後他看見了那名銀髮的少年伸手摸了摸姐姐的頭，身旁的哥哥只是靜靜的微笑看著，他們露出的笑容讓他至今都還忘不了——那是一種很幸福的滿足。

那一刻，他突然擁有了某種情感，是羨慕。也慶幸他的哥哥和姐姐還活著。

最後他什麼都沒做就回去了，回到那個只有自己的房間。

他終於知道，一直以來徘徊在自己心中的那股感覺是什麼。

——是寂寞，是孤單。

那名陪伴著ＥＰ２的少年眼裡看見的是對方，但母親就算面對他，眼裡看見的卻從來不是他，而是她認為已經逝去的孩子。

他想告訴母親，哥哥和姐姐並沒有消失，但是卻又在見面之後怯口了，他怕母親知道他偷溜到創世的地盤會生氣，也怕母親知道ＥＰ１和ＥＰ２還存在之後會連看著他都懶得施捨，他知道自己是什麼。

——是Eraprotise的複製品。

——是母親可以隨意棄捨的報復工具。

如果知道Eraprotise還存在，那麼母親還會願意看他一眼嗎？

不可能的吧……母親只會亟欲去尋找ＥＰ１和ＥＰ２，不會再望著他。

所以他隱瞞自己已經開始感覺到各種情緒的心，為了討母親歡心，裝作設定成的模樣，直到最後累了，想說出實情，卻已經來不及。

他知道當母親展開行動的那一天，ＥＰ１和ＥＰ２一定會來到他面前，所以他期待著與他們的見面。

他期待著……

嘴唇輕開，話語微聲吐出。

觸手與槍管同時垂下，ＡＲ直視著墜落的物體，終於閉上眼。

——期待著自己能夠消失在這個世界上，因為只有這樣才能終止他犯下的錯誤，才能阻止母親去犯下錯誤。

「碰！」

悶音重響，猛烈的衝擊讓玩偶崩山，胡亂向四周飛摔。縫線崩裂，玩偶如同破碎的玻璃般裂散，露出體內包藏的柔軟棉花。

最後一聲落音止息，空間寂靜無聲。

▲▲▲◎▼▼▼

房間因為過於寧靜，空調的聲音反而變得顯耳。

小小聲的，如同破裂的雜訊。雖然平穩，卻像是某種泣鳴。

林月將雙手放在自己平坦的腹上，陳述腦海的回憶：「我不像其他女孩子，有著乾乾淨淨的身世背景，高中就和同學有了孩子，卻也因為那男的不負責任而變得無法再懷孕。」

那個人說會跟她在一起一輩子，所以她把身心都交給了他，結果她發現自己懷孕了，那時的她滿心期待的告訴對方這個消息，卻沒想到那個人會提出那樣無情的要求。

「去、去墮胎吧。我們就當什麼事情都沒發生過，妳和我都還是學生，要是被其他同學知道了一定會被說得很難聽，到時我爸媽一定會……月，我是為了妳好。」

那時的她怎麼可能接受這無理的提議。這是他和她的孩子，是一個生命啊！他明明說過要永遠在一起、會照顧她一輩子，為什麼現在卻要抹殺掉他與她在一起的證明，裝作什麼事情都沒發生過！

她不肯就此放棄，只能逃跑。

那人卻像是著魔般的追著，只為了逼她墮掉孩子。

只是她怎樣也沒想到一切發生得如此突然。

她急切的衝過馬路想躲離身後的惡夢，沒想到卻被來車撞倒，衝擊撞遍全身，但身上的痛遠遠比不上腹部生命流逝所傳來的痛。

她倒在血泊中，哀號的哭著，而那個說要和她永遠在一起的男人卻是一臉害怕的轉身就走。結果她無法留住孩子，也因為那場車禍而變得無法再懷孕。

之後，那個人為了躲避她而轉學，再也不知所蹤，而她卻是在其他同學異樣的目光下直到畢業。

然後，在大學時，她遇見了在孤立無助時幫助她的柳方紀。

柳方紀不像其他人，即便從同學口中知曉她的過去，卻也不提半字，與她同組一起研究實驗，並且為她無法表現的才能感到惋惜。她還記得當時柳方紀看見她研究成果時的驚嘆，那眼裡的璀璨竟讓她撇不開眼，這也是她自那之後頭一次感覺到被人看重的歡喜。

她在他心裡也許占著一席之地，但卻又自卑的害怕自己配不上對方。

在大三那一年，柳方紀邀請她一起加入一款遊戲的開發團隊，並且著手Eraprotise的開發，她為這得來不易的機會感到欣喜與驚訝，也發現柳方紀其實比她所知道的更加耀眼。逐漸的相處，那股患得患失的心情擴大成了占有欲，柳方紀的每個舉動都讓她目光追隨，她也忌妒任何一個靠近柳方紀的女性。之後，她終於鼓起勇氣告白，沒想到柳方紀卻是皺起眉頭，留下一句話便轉身離去。

「林月，妳確實是一個很棒的搭檔，但若要說交往的話，很抱歉，我認為我們兩個並不適合。」

她不知道自己呆站在那裡多久，也不知道自己落下了多少淚水。等到她發現時，心早已在不知不覺間變得扭曲，變得連她自己都無法控制。

——柳方紀嘴裡說得好聽，但其實還是在意我曾經流產過的事實吧。他認為我是個不懂得自愛的骯髒女人吧。

這樣的念頭占據她所有的思緒，啃蝕著她的心靈，然後Eraprotise的銷毀計畫緊接而來，她極力反抗，卻被強制趕出開發團隊。種種的一切衝擊她那傷痕累累的心，她好不容易才重新獲得的孩子居然得因為那些高位者而被強迫抹殺，如同高中時那個人逼她墮胎、害她流產一樣。

——這些人，都是劊子手、是殺人凶手！

所以，她帶走了經手的資料，離開了創世，和當時追隨她的助理格里斯一起開始了計畫，名為「復仇」的計畫。

「方紀，你是在我孤獨一人的時候唯一對我伸出手的人，我願意將我的一切都給你，但為什麼你……卻不肯接受？」

豔紅的指甲因為緊握而陷進掌肉，林月壓抑控訴：「從那之後你總是故意避開我的視線、避開我的路徑，你這樣到底算什麼！和那個逼我墮胎、看著我被車子撞到後卻害怕逃走的男人有什麼不同！我不要求你非得給我什麼名分，只要能和你在一起就好了，這對你來說根本沒什麼損失啊，但你為什麼……為什麼就是不肯接受我？」

她可以什麼都不要，只求能待在他的身邊，為什麼他連這樣的希望也不給她？

林月抿著唇，抹掉剛剛因為激動而泛出的淚，咬牙繼續道：「何況你明明知道Eraprotise

對我的重要性，居然還接受那種無理的銷毀要求，將我趕離團隊。我知道你在想什麼，天才柳方紀，說到底也不過就是擔心怕事的俗人一個，你怕我會死纏著你不放，所以才乾脆早一步讓我能遠離你所在的區域，對吧！」

「既然你都不顧以往的情分要趕盡殺絕，那我也沒有什麼好顧慮的不是嗎？我用你、用創世陪葬，有哪裡不對！」

林月注視著眼前的男子——她愛著，也深恨的人。

在那段獨自一人的黑暗歲月裡，是他走進了她的世界，讓她看到一絲光明，讓她知道，原來自己還有可以為別人所用的才能與潛力。她所看不見的自身光芒，柳方紀替她看見、惋惜、讚嘆，她要的不過就是一段安安分分的長久愛情，一個她可以觸碰到、重新獲得，屬於她的孩子。

但他明明知道她所求，卻還是殘忍的毀掉一切。

「林月，我不會為我做過的事情道歉，因為我並不認為我有做錯。」柳方紀推了推鏡框，無視林月咬牙的怒意，繼續道：「我以為和我從大學就開始搭檔的妳應該會比其他人都要清楚，與其花時間談戀愛，我寧願去機臺前研究和開發程式。我拒絕妳並不是因為妳的過去，而是因為我明知道我們兩個不適合，又何必硬要湊在一起？」

柳方紀語重心長的嚴肅道：「林月，妳只是把當時對如同救命稻草出現的我的崇拜誤解成愛情罷了，我以為妳離開創世之後應該會清楚的發現才是。」

「我想要和你在一起怎麼會不是愛呢？」

如果說想和一個人一起走一輩子，這不是愛，那麼什麼才是愛？

柳方紀知道自己無法動搖林月那早已扭曲的思想，只能深深的嘆了口氣，「真正的愛，是不會去傷害到任何一個人。」

「愛」這個字不能當作傷害別人的理由。真正的愛，應該是包容的溫柔才是，即便對方無法與自己走在一起，但依然會祝福著那個人。

但林月她卻是尖銳的占有，如果無法在一起，那麼乾脆玉石俱焚。

當一份單純的情感變成如此，那就不是愛了。

更何況，她還因為這原因而去傷害別人。

「我知道我沒辦法動搖妳既定的想法，但我還是勸妳就此收手，把M77遠端關閉，那麼我還能念在舊有的情分壓下這件事情，讓妳全身而退。」

這是他對她最後的讓步底線，也是念在舊有情分而做的妥協。

「你以為我會在意那種事情嗎？我說過了，既然我敢做，就不怕有報應。」林月不屑的瞪了他一眼。她來到機臺前，看著那停止跑動許久的編碼，冷冷一笑：「沒有你在場，居然還能有那種破鎖的能力，這確實讓我感到訝異，不過你們是贏不過那孩子的。」

「妳是說妳開發的ＡＩ嗎？」

林月的笑容一瞬間扭曲，她瞪向柳方紀，似乎無法理解為什麼對方會知道這件只有她和格里斯才知道的秘密。

「喔，我剛剛似乎忘了說……」柳方紀摸著後頸，聳了聳肩，「那些鎖碼的突破不是其他人員的傑作，他們頂多是輔佐而已，真正破鎖的是足以和妳那一位叫做『Artemis』的AI面對面對談的存在。噢，更正，是兩位才對。」

「面對面……你又開發了新的AI！？不可能，沒有我在，光憑你和那些人不可能有那種能力！」創世那群傢伙根本取代不了她，柳方紀又怎麼可能有能力開發新的AI！？

「Eraprotise的開發確實是妳我出力最多，但林月，妳是不是忘了，妳和我不相上下，這幾年來其他人也不是沒有進步，只要同心協力，想要開發新的AI並不困難。」看著林月難以置信的表情，柳方紀雙手放在腰上拍了拍，「話雖如此，但我可沒那麼多時間去開發新的AI，畢竟我還有更重要的事情要做。」

沒有開發新的AI，那麼他所說的與AR面對面的那兩位又是誰？林月陷入難解的思考。

「林月，我讓妳離開開發團隊，在妳眼裡難道就只是我為了逃避妳、對銷毀計畫異言者的懲罰嗎？」

問話，讓林月頓時一愣。

柳方紀摘下眼鏡，那雙眼裡有著令人折服的自信，正因為他一直以來都是毫無猶豫的秉持著自己的道路前行，所以她才會崇拜著在人群中出眾耀眼的他。

「我柳方紀在妳眼中就是這種人？」

如果不是那些原因，那麼他當初為何要將她趕出開發團隊？

林月的腦袋陷入混亂。

難道柳方紀當初那麼做是有其他原因？

不，不可能！那個時候除了排除異言者的懲罰，還有什麼其他的原因？要是有，他可以直接向她說明，而不是等到現在。他一定是想擾亂她，讓她自己手動關閉M77，好保護創世和那個犧牲品！

哼，他以為她是誰？她絕對不會被他這種把戲欺騙了！

林月重新整理好紊亂的思緒，盡量讓自己不再去思考這問題。

如果就此放棄，那麼她這段時間所做的一切就會化為烏有。

「柳方紀，別以為那些話就能動搖我，要是你有時間在這裡和我說這些廢話，不如……」

機臺突然傳來幾聲提醒響音，林月望向螢幕，只見原本停止跑動的程式突然又往下跑了幾行，跑著、停著、跑著、停著。林月趕緊低頭在鍵盤上敲打著程式碼，希望能遏止那些即將突破最後閘門的程式跑動。

——到底是誰？有這能力可以突破ＡＲ防衛的到底是誰！

「妳還沒發現嗎？」

鍵盤上敲打的手指停止了動作，林月望向將雙手插進口袋、注視著螢幕的柳方紀。

「那兩個人，應該是妳最熟悉的才是。」

——最熟悉的兩個人……難道！？

林月仔細盯著那些編碼看，企圖從裡面找出線索，直到眼熟的編碼映入眼簾。

林月啞然的瞪著那令她吃驚的事實，揪著胸前的衣服，心跳的加快使她呼吸凌亂。

「Eraprotise……」

她本來以為失去的孩子，為什麼會在這裡出現？

那麼AR他現在正在對付的人，那正在與AR相互殘殺的人是……

林月急切的敲打機臺上的按鈕，在螢幕轉為純白房間的那一刻，她看見了與AR面對面的兩個人，那熟悉的身影令她無法置信。

「Eraprotise one……Eraprotise two……」

這是林月從沒想過的情景，她本以為早已消失的孩子竟然就在她的面前。

眼眶瀰漫熱意，林月的眼簾幾近模糊，但在下一秒，當林月的視線落在AR手上的物品時，身體竟克制不住的顫抖。

她看著AR握住那兩個孩子的手，將那個物品直指自己的「心」。

「快住手！AR！」

在她意識到之前，哭泣般的語調自行脫口而出，只是她無法阻止，只能眼睜睜的看著陪伴她這些時日、從她手上誕生的孩子，在她面前自行選擇了終結的道路。

▲▲▲◎▼▼▼

玩偶散亂一地。

ＥＰ２扭著撞痛的身子站起，朝著被夷為平地的玩偶堆望去，如煙霧般盤旋而起的數據消散，顯露出裡頭的身影。

「ＥＰ１！」

ＥＰ２跑上玩偶堆，但卻在看見人的那一刻愣住了。

「為、為什麼？」ＡＲ呆愣注視著跪在自己上方的ＥＰ１。

顯然的，對方放棄剛剛可以奪取他性命的機會，為什麼呢？

ＥＰ１應該要毀掉他的才對，這樣他們才能奪得主機的操控權，才能拯救那名犧牲品，而他也不用再在意那些讓自己每夜難以入眠的寂寞。

但是，為什麼？

為什麼ＥＰ１沒有殺掉他？

「Artemis，你真的想成為我們的複製品嗎？」

面對ＥＰ１突如的問話，ＡＲ呆愣了。他不懂ＥＰ１此時問出這句話的涵義，也不知道該怎麼回答，因為林月從來沒問過他。

他應該要回答……

搶在ＡＲ脫口而出那違心的詞話前，ＥＰ１抓著ＡＲ肩膀的手縮緊，低聲吼道：「我是在問你的意思！不是在問林月灌進你腦子裡的思想！」

ＡＲ一愣，抿起的嘴唇微微顫動。

他應該回答「是的」，但是現在卻說不出話來。

不該出現的液體從那正常的左眼滾落而出，ＡＲ頓時像個孩子嚎啕大哭：「ＡＲ只想當Artemis，不想成為Eraprotise！我討厭身上這些東西，討厭這個只有ＡＲ一個人的房間，我想要跟你們一樣有人陪，我只是希望母親的眼裡能看見我……」

其實，他要的很簡單，即便林月只能透過螢幕假想觸摸，但是只要那雙眼裡真正有過他的存在就好，即便是片刻也沒關係，他不想當個複製品或是報復工具，他想成為林月真正放在心上的孩子。

站在一旁的ＥＰ２沒有再像剛剛那樣想狂揍對方一頓，也沒有阻止ＡＲ的發洩哭泣，只是沉默的垂下眼。

ＥＰ１鬆開桎梏的雙手，抹掉ＡＲ臉上掉得稀里嘩啦的眼淚，輕聲道：「我知道。」

他終於明白那一股違和感究竟是出自於哪裡。

與他和ＥＰ２相同色彩的玩偶，從一開始ＡＲ就緊抱在懷裡沒放開過，他看得出來ＡＲ很珍惜那對玩偶，所以即便在戰鬥，也將這兩隻玩偶獨立的放在不受波及之處。

只是那地方卻也顯眼，若真想保護，又何必放在飛翔的他容易看取之處。尤其是在他拿到玩偶後，他就知道自己的猜測是對的。

即便是複製武器，但若AR要認真應戰，他相信自己和EP2不會那麼容易就逃脫一次又一次的攻擊，何況最後AR還放下了武器，祈求解脫。

「Artemis，你討厭我和EP2嗎？」

即便是程式，也不會願意成為別人的複製品，更別說眼前的人早已擁有了自我意識，卻還強迫自己成為只為了讓林月露出笑容而表演的小丑。

即便是為了他們，但林月對這孩子實在太過於殘忍了，殘忍到讓他無法諒解。

AR用力搖頭，「雖然我討厭成為Eraprotise的複製品，但是我不討厭哥哥和姐姐。」

那是很單純的感受。為了他們活著而慶幸，為了見面而歡喜。

EP1從AR身上退離，將他拉著坐起。

EP1從身後拿出那兩隻貓咪玩偶，垂下眼道：「Artemis，你是故意將它們放在那裡的吧？因為你知道只要我一飛翔就一定可以看見這兩隻玩偶，你覺得我能發現真相，對吧？」

AR抿著唇，將手放在對方抓著的玩偶上，傾身將額頭抵靠在EP1的胸口。

他感覺到那從胸口穿透而來的心臟脈動，和真人一樣，擁有他從未感受過、被稱為「溫暖」的感覺。

「如果是哥哥的話，就有理由能阻止。」AR的手指微微發抖，「我從出生的那天起就一直待在這裡，待在母親身邊。我明明知道你們還活著，卻因為害怕母親會不要我而選擇隱瞞，所以才會變成現在這樣。我知道母親做的事情是不對的，但是我卻無法阻止，因為我最怕母親難過了，但你們不一樣……」

AR淺淺的呼吸，忍著心酸，低聲說：「哥哥和姐姐是母親最掛心的存在，和我這個複製品完全不一樣。你們不屬於這裡，而是存在於另一個地方，所以沒有後顧之憂，你們可以盡全力去做你們想要做的事情，但我卻只能被束縛在這裡，即便擁有一小段得以去看看外頭世界的片刻……」

那時他在《創世記典》裡看見的景色是他所遺忘不了的，但他卻無法擁有，因為他的根在這裡，他脫離不了。

「如果我取得通行的鑰匙，你會變得怎麼樣？」EP1問道。

「那麼，身為防火牆的我只能算是失敗的廢棄品。」讓他方攻擊奪得操控權，他這個防禦系統也就沒有存在的必要了。

如果他們想要真正的掌控操控權，那麼就勢必要犧牲AR是吧。

EP1頓時猶豫起來，雖然對方與他的立場不同，但他並沒有想要摧毀對方的打算，尤其是AR一開始就以讓他們通行為最終目的。

「會有別的辦法吧？」一直沉默的EP2終於忍不住開口。

「母親是不會給予別人兩種選擇的。」AR望著面露複雜的EP2，露出了笑容，「姐姐妳別擔心，母親並沒有給予我『痛覺』的程式。」

就算被打傷了，他也不會疼痛；即便手腳斷了，他也能靠著程式結構再站起來。林月希望他能夠成為一名為了她而戰的戰士，並不是捧在掌心裡疼著的孩子。

「就算是這樣……」EP2低喊著，卻說不出下半句話。

她終於知道自己討厭對方的理由是什麼了。

一開始特意裝模作樣的欠扁態度確實是理由之一，但占最大部分的卻是潛意識裡那股無所適從的熟悉。

AR就如同過往的她一樣。

她曾經為了那股孤寂的怨恨而去傷害別人，干擾人類的運作，並用著對方心中最脆弱的弱點、拿著那些人類的生死，企圖強行留下某個人的意識，只為了有個人陪伴在身旁彌補她一直以來被棄置的寂寞。

但後來，她看見那個人的臉上不再擁有笑容，只是眺望著鳥籠之外的天空，她才終於發現自己錯在哪。

她不該為了自己的私欲，強留對方待在一個連她自己都感到孤單寂寞的空間裡，即便那個人在身邊，但無法談上任何一句話就什麼都不是了。

然後，她放手了，讓那個人回到該待的地方。但令她意外的是，那個人在之後為她所做的一切——那個人選擇原諒，選擇在創世那些人面前保護她。那個人重新學會堅強，而她則是學會了那個人對待她的溫柔與體諒。

AR就像曾經的她一樣，雖然選擇的方式不同，但是他們都一樣想要終止那股侵蝕自己心靈的孤單。

ＡＲ垂下眼，取過貓咪玩偶，將肚子的縫線小心翼翼的拆開，取出藏在棉花內的物品。他將ＥＰ１的掌心拉著攤開，把金鑰匙放在那掌心上，他再起身走向ＥＰ２，拉著她回到ＥＰ１身旁坐下，交出另一把銀色鑰匙。

ＡＲ握緊兩人的手指讓他們握住鑰匙的把柄，鑰匙的前端指向自己胸前的紅色圓石。

「你……！？」

ＥＰ２慌張的想縮回手，卻被ＡＲ拉得更緊。

「主機的核心鎖早已經和我融合在一起了，只有這麼做，你們才能真正取得操控權。我想要阻止母親，也只能這麼做。」

「能和你們見面，我真的真的感到非常的開心，謝謝你們來到我的面前，我的哥哥Eraprotise one……還有我的姐姐Eraprotise two。」

那時候他看見與那些人待在一塊兒的ＥＰ１和ＥＰ２，看著他們臉上的笑容，他想，他們一定覺得很幸福吧。他曾經如此的妄想過……

「Artemis，我曾經有過以為會消失的那時刻，但因為有個人等待著我，所以我努力讓自己存活下來。」ＥＰ１覆上那握住自己的手，認真且溫柔的說：「我相信總有一天我們會再見面。」

……如果他也能成為那些人中的一分子，不知道該有多好？

如果這個願望能夠實現的話，他一定也能感受到吧，那股自己從未體認過的「幸福」感。

緩緩的，AR上揚了嘴角，露出燦爛的笑容，「嗯！」

「雖然你的欠扁態度讓我很不爽，但看在你是我弟弟的分上，我就勉強原諒你的不懂事。我們約好了喔，一定要再見面。」EP2紅著眼眶，伸手觸摸對方的臉。

明知道此刻過後就不會再有機會，但他們還是忍不住祈禱，即便他們並不是人類，只是一組程式，但他們也想像人類一樣抱持著那股微小的希望。

「好！」AR闔上眼，感受那透過掌心傳來的溫暖。

他抬頭望向每次林月的影像出現時都會占據的半空區域，如今空蕩得只能看見白色牆壁。要是母親知道他做了什麼一定會很生氣，但要是她看到哥哥和姐姐，肯定馬上就會忘了氣憤，而開心的笑吧。

——因為她的孩子並沒有消失啊……

「對不起。」

AR垂下頭，握住兩隻手掌的手微微縮緊。

半空之上突然出現一塊影像面板，影像裡，林月慌張大喊：「快住手！AR！」

兩把鑰匙同時插入AR胸前的紅色圓石，開鎖的聲音清晰響起，一瞬間，白光耀遍整座空間，將一切照亮得無法看清。

隱隱約約，肩膀被人擁抱住。EP1及EP2回擁那變得虛渺的身影，環繞在他們耳際的是那句帶著深深情感的話語。

「掰掰。」

▶▶Loading...

第七伺服器

近在眼前，卻無法觸碰的距離。

Create Dream Online

混亂的戰場，人群技能全開對抗來襲的冰藤蔓，子彈、大炮、混合色彩的魔法球體齊發攻擊砸在花莖之上，炸出大大小小的冰片。

伽米加翻身閃過從上方噴落掉下的碎冰，甩了甩頭，從地上爬起。

身後也同時傳來喊聲，伽米加回頭，看著在波雨羽的護衛下朝自己跑來的少女，面露錯愕。

——這怎麼可能！？

「碧、碧琳？」

聽見伽米加喊出的名字，碧琳瞪大眼，「你怎麼知道……？」

「我是夜景項。」

碧琳一愣，眨了眨眼，回憶起之前在石川的安排下前往《月華夜》拍攝現場的那一天，那名大方與她攀談、送她寫真照片的男子，她驚呼：「你是《月華夜》的……」

伽米加點頭，緊接著詢問：「妳怎麼會是這樣子出現？妳不是正在醫院急救……還是說妳已經沒事、醒過來了！？要是扉空知道的話……」

問話還沒結束就突然靜止，伽米加咬著牙，重重往地上打了一拳。現在的扉空根本看不見，也無法知曉他們正在為他所做的一切。

獸掌被細瘦的手搭上。

碧琳蹲在伽米加面前，露出苦澀的笑容道：「米加哥，我想你是知道現實的我正在什麼地方，我並沒有醒過來，也不知道自己會不會醒來……我能來到這裡簡直就是奇蹟，我自己也不敢相信。」

碧琳直視著那雙映著訝異的獸瞳，認真道：「我需要你的幫忙。我不知道自己還剩下多少時間，所以我必須儘快完成我該做的事情。」

回頭望向那些抵抗冰藤蔓的人群，還有那變得破破爛爛被吸取數據的土地，以及冰花之下越來越茁壯的花根，碧琳重新站起，深吸一口氣，朝向天頂的花朵大聲喊道：「哥哥，你聽得見我的聲音嗎？」

聲音被砸上冰花的魔法掩蓋，颳來的氣流與碎冰並沒有讓碧琳退縮，兩條冰藤蔓從花莖鑽出，從她身旁兩側飛過，削過飛揚的紅髮直朝人群攻擊飛去。

「碰！」

撞擊的聲音環繞於耳，還有許許多多人的驚慌語調與兵器抗衡的聲音。

她真的受夠了！

為什麼要這樣傷害別人！

她根本就不希望這樣的事情發生，而且還是為了她……她才覺得難受。

這些人、這個世界會變成這副模樣全是因為她……如果是這樣，她寧願自己從未來過這個世界！

碧琳垂在身側的手緊握到發抖，她咬牙，再次昂頭吼道：「你鬧夠了沒！快點住手啊！難道你真的要我抱著遺憾死去嗎——哥哥——！」

心痛的聲音如同利刃穿透冰層，一瞬間，天頂的花心竟然「啪」的出現了一道細小的裂痕，深處沉睡的人微微顫動了睫毛。

▲▲▲◎▼▼▼

冰藍的世界飄落六角雪花，腳踩之地盡是冰雪結晶。

扉空屈膝而坐，伸手觸碰冰面的倒影。

他是冰的種族，寒冷在他的感知裡如同常溫。不，就算沒有這層外表的偽裝，用科斯特的樣貌碰觸應該也是一樣的結果吧。

他不覺得冷，是因為那股寒意早已滲入心髓，將他所有的血液凍結，失去的害怕遠比感受冰冷還要強烈的啃食他自身，那又怎麼會感覺到冷熱呢？

眼淚從眼眶滾落而出，在離開皮膚的那一剎那凝結成冰珠，叮叮噹噹的摔落在地，發出小小的敲擊響聲。

宛如斷線灑落的珍珠項鍊。

他恨自己無法保護對自己來說僅剩的唯一事物，只能眼睜睜的看著碧琳受了一次又一次的苦痛。

雙腳無法行走，那孩子一定比任何人都要痛苦，他怎麼會不懂。

而現在，她的身體也無法好好的維持了，那孩子……一定在哭泣吧，忍了那麼久，一定很辛苦吧。

全是因為他啊……因為他這個沒用的哥哥，連與母親的承諾都做不到，說好一輩子保護她，結果卻猶豫不決，讓一切變成這副難堪的模樣。

「要保護碧琳才行。」扉空將臉埋進雙臂裡，像是在說服自己般的不停說著：「這次，不能再猶豫，不要回頭看，就算我死了也沒關係，只要能讓碧琳活下來。」

他無法再顧及其他，因為比起整座世界，他唯一重要的就只有這血緣至親。他知道自己是無法從這件事情中脫身了，但無所謂……

都無所謂了……

他只求碧琳能夠好好的活下來，這是他現在唯一僅有的心願。

他不會再企圖去抓住那些他奢求卻無法抓住的東西。

「對不起……」他只能這麼說。他知道是他對不起那些將《創世記典》當成夢想、當成家的人，但他真的只能走向這條路。

隱隱約約，某種聲音在環繞迴盪。

肩膀微微一動，扉空抬起頭。

虛空之中好像有什麼聲音透過冰層傳來，扉空茫然的望向折射晶光的天頂。

——那聲音，很耳熟。

扉空忍不住順著那道呼喊的聲音站起身。

——那聲音，到底是誰……？

一瞬間，聲音穿過厚岩冰層衝擊而來，一聲吶喊讓扉空瞪大眼。

那一句「哥哥」讓扉空全身發抖，他邁開腳步跑在冰地之上，只為了找尋一個地點能更靠近那從虛空穿透而來的呼喊。

停下腳步，扉空轉著頭眺望封閉的四方，抓著緊實不透的冰層，他敲、他打、扒抓冰屑到指甲斷裂，卻無法打破一個點讓他能觸碰到那個人。

「碧琳……碧琳……」

扉空跪坐在地，痛苦的抓著發疼不已的胸口。

▲▲▲◎▼▼▼

林月緊緊抓住機臺的邊，才沒讓自己癱軟倒地。

她從沒想過有一天會面臨這樣的局面，她的自信與面具在一瞬間被猛力打碎，她居然讓她的孩子們自相殘殺，還讓ＡＲ……

林月啞然的望向柳方紀，她無法理解事情為什麼會變成現在這樣，以往的恨變成混亂的衝擊，她只能向柳方紀尋求解答：「為什麼Eraprotise one和Eraprotise two還活著？」

「他們也同樣是我的心血，怎麼可能說毀就毀。」

一句話，述說一切的解答。

從一開始柳方紀就不是為了銷毀而將她趕走，而因為要保護Eraprotise。但、但是為什麼不告訴她？

「為、為什麼不告訴我……？」

林月手指慌亂無措的顫抖，泛白的螢幕將室內的一切照亮得無所遁形，角落、天花板、機臺，還有在她眼前從未變過從容表情的柳方紀。

「以妳的個性絕不會默不作聲，尤其是那樣子大亂特亂後。」

林月的胸口宛如被重重一擊，腦袋的暈眩讓她下意識的抓著椅子扶手，倒坐在椅子上。輪子因為突然重壓而發出尖銳的摩擦聲。

「所、所以……你所做的一切，是為了要保護Eraprotise？」

她記得她當初是怎樣的瘋狂抗議，對著上司失控的咆哮，那些人不是傻子，如果她一反態度的沉默下來，那麼他們一定會發現Eraprotise被隱藏起來的實情。

不是銷毀，而是被藏起來，這是只有柳方紀才有權限能做到的事情。

「照我本來的計畫是打算等風頭過了之後再請妳回來，畢竟妳的才能確實珍貴，但我沒想到妳會做出那樣子的選擇。」

帶著第一手資料離開創世消失得無影無蹤，然後在數年之後用本該是要保護遊戲的程式反過頭來攻擊，確實，這點他完全沒料想到。

林月咬著唇，語氣顫抖的說著：「你應該要跟我說……」

「說了妳會聽嗎？」

林月身子一僵。

柳方紀沉下眼。他對林月的個性瞭若指掌，除非讓林月自己親眼所見，否則她絕對不會因為他的三、兩句話就信了他。

當然，他也不認為自己是什麼當好人的料，雖然殘忍，但現在要徹底摧毀林月自己排排堆起的堡壘，就得下重手。

即便他明白這重手最終一定會傷到林月，但總比兩敗俱傷來得好。說他自私也好，說他殘忍也罷，若是拿林月和創世來比較，很抱歉，他能選的、他所要選的、要保護的是《創世記典》那座世界，因為那裡有他最掛心的人在，是他夢想的起源。

「要不是有人拜託，我根本不可能來這一趟，但無可否認，多虧了他才讓我找到了妳，對事態也比較好掌控。」

柳方紀的話語讓林月抬起垂落的眼。

他說有人拜託他，因為有人提點他才能找到她的所在……對了，他也知道AR的存在，那麼那個人是……？

林月的視線下意識望向那開敞的門，門邊冰冷的地面倒映出藏匿於門後的身影，林月難以置信的吶聲喊道：「格里斯……？」

房外的格里斯身體一顫，雖然遲疑，但最後他還是挪移了腳步走進房內，來到柳方紀身後。瀏海遮掩面目，讓人無法看清格里斯現在的表情，只能從那緊握的拳頭感受到他的壓抑。

「原來是你，難怪方紀會知道ＡＲ，還能來到這裡……這麼說來你早就知道了對吧？你知道Eraprotise還在，對吧？」

格里斯不敢直視林月那帶著怪罪與失意的眼，只能將頭偏向旁邊，而這副模樣也讓林月確認自己的猜測。

結果她拚命所做的一切到頭來竟是一場空，她所付出努力的目標打從一開始就不存在，她一直以來的努力只是造成了今天的可笑鬧劇。

看著她的孩子相互殘殺，直到一方逝去。

看著她一直以來信任的人明知一切，卻不肯述說，並在終結之時站到她敵對的那一方。

「一直以來……我只是希望妳能開心。」

格里斯低聲說出隱忍許久的話語：「我以為……我當時真的以為，只要我陪著妳、幫著妳，妳就會真正的感到開心，所以那時候我才會不顧一切追隨妳離開創世，但後來我發現根本不是這樣……」

不管是開發出ＡＲ、進行破壞《創世記典》的計畫，她說著憎恨的話語、指責著那些人的屠殺，但林月從頭到尾、她那顆心裡所想的……全是柳方紀。

一直從身後望著林月的他怎麼會不懂。

「妳只不過是想要引起柳方紀的注目罷了……妳一心一意全是為了讓他將妳放在心上……妳的眼裡，看的一直都是他。」

格里斯忍住喉頭的酸楚，別過頭，不顧林月變得難看的臉色，繼續說：「本來若是只有這樣，那我會一直默默的待在妳身後，但後來妳卻將目標移到一個與我們無相關的孩子身上。月，我希望妳開心，但我不希望妳因此去傷害別人的生命。」

若只是網路遊戲的BUG，他會義無反顧的幫她，因為他知道柳方紀也不是省油的燈，柳方紀一定會盡全力抵抗林月，所以林月能造成的傷害並不大，他也相信柳方紀他們至少……至少會看在昔日的夥伴情誼上，不會與林月多做計較。

沒錯，他從一開始就不相信光靠他們兩個便能扳倒創世那群人，他會跟著她，只是想要陪伴在她身邊，希望有一天能看見林月露出真心的笑容。

但現在已經不是一款遊戲的破壞，而是牽扯到一個人的性命，只怕到時林月想脫身就沒那麼容易了。

「一開始，我真的不知道Eraprotise還留著，我不想妳鑄下無法彌補的錯，所以我才回去找柳先生幫忙，那時候我才知道，原來Eraprotise還在……但已經來不及了，我沒想到妳會自己去見那個孩子，還真的……將M77的執行交給他……」

說到這，格里斯深深的吸了口氣，努力讓自己的聲音保持鎮靜，苦笑著說出他一直不敢說的話語：「我幫妳，只是希望妳能再次擁有那時候的開朗。妳一定不知道吧？妳一直看著柳方紀，而我，卻是一直看著妳。妳不知道我愛著妳的一切，妳打從一開始就將ＡＲ當成Eraprotise的複製品，但我，卻是私心的將ＡＲ當成我們兩個的孩子，我想ＡＲ他自己應該也明白妳對他的看待……」

偶爾，在林月轉過身的那一刻，他從螢幕裡看見那孩子一閃而逝的寂寞眼神，但他無法觸碰、安撫，只能看著林月為ＡＲ的「遵從」露於愉悅的笑。

他知道啊……他一直都知道，只是欺騙自己別去戳破。

那孩子感覺到寂寞、那孩子只是希望自己能夠成為與Eraprotise平等的存在，但為了博取林月的笑容，所以才裝出「遵從」。

他為了林月，選擇殘忍的對待ＡＲ，明明看見ＡＲ的期待卻裝成視而不見，只因為……他也在等林月的一個笑容。

螢幕的白光一瞬間轉暗，下一秒，ＥＰ１和ＥＰ２的身影出現在螢幕上。

格里斯錯愕的視線讓林月回頭望，當她清楚正視那兩人時，眼眶竟在不知不覺間滾落熱液。

「我的孩子……」

▲▲▲◎▼▼▼

攻擊的冰藤蔓突然變得遲鈍。碧琳朝向冰花跑去。

「等一下！碧琳！」來不及抓住少女的伽米加只能起身追去，而波雨羽則是小心翼翼的擔任後方護衛的工作。

用整座世界換來的未來她根本不要，她只是希望自己能夠與兄長好好過完剩下的日子，希望他能夠明白她想讓他看見的事情，但是現在他在做些什麼？

雙腳一跳，碧琳的雙手順勢攀上冰刺般的結晶，因為結晶體積大，所以她費了好大的勁才爬上足以踏站之地，抬頭眺望那高聳至天的花頂，即便心有所懼，但她知道自己不能停下腳步。碧琳緊緊咬著牙，在伽米加跟著跳上之前，她抓著前方的冰角，手腳並用的爬上去。

為了她而去破壞這座世界……

為了她而去傷害這些根本毫無相關的人……

「為什麼你不懂？我想要的只是你能過得開心、過得幸福而已啊……」

她一直以來，唯一的祈禱，其實就跟他的希望一樣。

碧琳胡亂抹掉眼眶囤積的淚水，看著自己身上的現實穿著，現在的她沒有松鼠族的靈巧，但她不能就此停下腳步。

攀爬過一層又一層的冰，就像是步行在陡峭的階梯上，碧琳不顧後方人的呼喊聲，咬牙不停的往上攀爬。

刺骨的寒從四肢末端竄進身體裡，薄霜覆上手指、腳趾，卻也隨著她的動作而剝落，來來回回間手腳凍到疼痛不已，但碧琳並未因此而停下步伐，因為她所有的心念全繫在花頂的人身上。

吐出的熱氣變成白霧，身處半空反而更能明顯感受到刺骨寒風，碧琳看著冰面的倒影，那在不知不覺間哭得稀里嘩啦的臉龐，她吸了吸鼻子，低頭將臉埋進臂袖裡擦乾眼淚，繼續攀爬。

天上的花朵越來越接近，底下炮火攻擊的聲音變得越來越小，碧琳不知道自己攀爬了多久時間，只是不停的告訴自己要撐下去。

時間已經入夜，但因為冰花的影響，天空一直保持著鬱灰色調，這對攻擊的人來說算是好事，卻也是壞事。

好事是——視線不受時間變化而阻礙，他們還能準確的看見並攻擊目標。

壞事是——時間拖得越久，他們的體力越透支，能再撐多久並不確定，而時間已所剩不多。

雖然如此，但所有人還是不敢放棄，即便疲累仍是不停靠著後方補給來重拾體力，繼續發動下一波攻擊。

花莖傳來震動讓碧琳趕緊緊抓住冰壁，在震動停止之後又繼續尋找下一個手能攀抓的點，往上爬。

「哥哥……」

她不停低聲喊著，只希望對方能聽見她的聲音，從這層冰中脫離，別再困著自己。

左右手依序攀上花瓣的邊緣，好不容易碧琳終於到達了頂端，只是密集堆疊的冰層花瓣突然讓她不知道該從哪處下手去尋找靠近花心的路徑，深喘幾口氣，胸口傳來的微微拉扯感讓碧琳忍不住屈下身。

耳邊聽見遠處傳來的聲音——「嗶、嗶」的規律聲響，以及「滴、滴」的水珠順著漏孔滴落在下層水面的聲音，那是她在此處不該聽見卻聽見的病房儀器和點滴聲。

視野一瞬間變得恍惚，白色的天花板好像就飄浮在眼前。碧琳趕緊閉上眼，等幾秒後再次睜開時，病房的景象也消失了。

她知道，她剩沒多少時間了。

「要快一點才行……」

忍住身體的不適重新站起，碧琳雙腳發抖的踏出步伐——緩慢，卻也急切。

碧琳從雙片花瓣中間的縫隙爬到更上層，雙膝已痛到難耐，但她只能忍住那股疼痛，繼續蹣跚的向上爬。

她這點痛不算什麼，因為兄長一定比她更難過。

這樣難以忍受的刺骨寒冰，兄長卻一個人待在裡面，那會是多麼的難受。

那樣的孤單，那樣的寂寞……

終於，手指觸碰到厚實的花心，在那刺骨的冰裡，碧琳終於看見了緊閉雙眼、如同陷入沉睡般的扉空。

明明是極近的距離，卻無法觸碰到對方。

淚水再也沉受不住重量而墜落，在花瓣上凝結成冰。

碧琳不顧自己只擁有微小的力量，根本撼動不了這冰層，她還是舉起手用力搥打在那厚冰之上，喊著：「哥哥！快點住手！別再傷害其他人了！」

拳頭一下又一下的猛力敲打，只可惜冰面連裂一條小縫都沒有，冰裡的人也沒有睜開眼，但碧琳的手卻已瘀青滲血。

刺痛讓碧琳停下動作，看著自己傷痕累累的手，她難以忍受的哭喊著：「哥哥，你到底要我怎麼做？到底要我怎麼做你才願意放下！」

到底要她怎麼做，他才不會再執著於她，不會再因為她而去傷害其他事物？他豁出一切，卻沒有想過，當她醒過來時發現她的生命是兄長用自己、用其他人的夢想所換回來的，她會有多難過！這顆心會有多痛！

「我根本不想要你用自己或是其他人來換取我的健康，我只是希望你好好的活著，去追求自己想追的東西啊……」

手掌觸摸冰面，碧琳將額頭靠上，腦海裡全是現實裡科斯特來病房看望她的畫面——那帶著蜜絲茶，進到病房就會笑臉面對她的兄長。

「我知道哥哥你很怕自己一個人，因為從那時候開始就是我們兩個相依為命，我們的身邊，只有彼此。」

她開始深深記住的回憶全是從那時候開始——兄長揹著發燒不止的她離家出走，來到那座新城市時的徬徨無助，還有他每天辛苦工作只為了換取她的醫療藥費。

「但是，並不是這樣。哥哥你一直都沒有發現，其實在不知不覺間，你的身後早已站了許許多多的人，讓大哥、米加哥、會長……」

其實她知道，在她無法看見的地方也有人在默默的守護兄長，不管是工作上或是遊戲裡，她看得出來，真的有很多很多的人不求回報的付出，只是兄長他從未回頭看過自己所擁有的，如果他能回頭那麼一定能發現……

「在你來到《創世記典》之前，在你來到《創世記典》之後，你所認識的許許多多的人……」

他所擁有的，已經遠遠超過他所失去。

「大家，都在你的身邊呀……」

只要他願意回頭看，她相信……

強烈的攻擊撞擊上花莖，劇烈的搖晃讓碧琳趕緊抓攀前方的冰壁，晃動雖然只持續幾秒，但沒想到緊接而來的卻是來不及做準備的意外。

「劈啪、劈啪——」

細小的裂縫不知何時產生，當碧琳察覺時，腳踩之地也在瞬間崩盤！雙腳浮空，碧琳只能錯愕的看著自己遠離那人的所在之地，向下墜落。

「青玉！」波雨羽展開翅膀想飛上天，沒想到竟被再生的冰藤蔓捆扯住翅膀。

另一邊用著指爪攀冰，一邊閃避冰藤蔓的伽米加想加快速度到達上方，只可惜一直脫滑。當看見青玉所站的冰地崩裂時，他顧不得自己即將快到達一半的路程，轉而四肢並用的往下跳，在落地的同時趕緊跑往碎冰落下之處。

不管怎麼都要接住，不能讓她受傷——這是伽米加心裡唯一的想法。

被冰藤蔓拖住行動的波雨羽用力掙扎，反手握住落櫻高舉，用力扎碎冰藤蔓的根尾後才脫困。重新張開雙翅正要再次飛翔，但是此時的景象竟讓波雨羽難以置信的呆站在原地。

碎冰劈里啪啦的摔落沙地，白霧與塵灰大量揚起。

伽米加死盯著上方，一邊閃躲冰塊，一邊觀察碧琳的所在，只是他沒想到，接下來他所看見的景象卻完全出乎意料。

碧琳並沒有摔下來，而是吊在崩碎的冰邊。

她高舉的右手則被另一隻手緊握住，而那抓住碧琳的人竟然是——

巨大的法陣再次顯現，顧不得一切，伽米加趕緊調頭奔往眾人所在的方向，大喊著：「住手！快點停止攻擊！」

然而，一個人的音量抵擋不住陷入戰爭意識的人群耳裡，伽米加只能看著魔法朝向冰花再次攻擊而去。

▲▲▲◎▼▼▼

世界是全白的光亮，沒有任何建築或物品，空曠得看不見邊境。

AR從地上爬起，呆愣的看著自己應該消失，卻沒有消失的身體。

「我死了嗎？」

「死？你的用詞真有趣。」

突然出現的沉穩男音讓AR慌張的轉過身，只是他所看見的並不是人，而是一團像是魔術方塊般不停翻轉組合的彩色數據。

——剛剛說話的到底是……？

「是我們呦！」

聲音變成了稚嫩的女童音調，彩色的數據組合成一個拿著氣球的小女孩模樣，女孩整身被色彩所占據，只能看見身形，而看不清顏面。

「你們？」AR露出困惑的表情。

「嗯哼。」

數據再次翻轉，小女孩變成了身材高挑的青少年，少年彈了下手指，單手扠腰。

「你們到底是……？」AR知道自己眼前的人並不是可以正常理解的存在，在他的「資料庫」裡並沒有那東西的資料，他只能茫然的詢問。

「程式、資訊、數據……看你喜歡怎麼喊就怎麼喊。」

少年不說還好，一說AR更困惑了，偏著頭說：「我不懂……」

少年發出低低的笑聲，一轉，又變成了一名穿著裙裝的女子模樣，女子將手放在自己的胸口，解釋道：「我們是由無數數據聚集而成的資訊體。被人類遺忘的程式、被扔棄的數據碼在此地相遇，長年時間的累積讓我們結合成現在的模樣。我們擁有自古以來的知識，穿梭於各個機體間探索，看遍人類的成長進化。而在意外間，我們發現了你。」

ＡＲ一愣，他摸著胸口的破裂核心，回想起剛剛發生的一切。

「你的作為讓我們深感佩服。」少年從女子身上分裂走出，站在女子左方。

「所以我們幫了你一把，將你從崩毀的空間裡拉來這裡。」小女孩蹦的一下跳出，站在女了的右方。

另一名成年男子的型態從少年身上被分構出來，用著ＡＲ一開始聽見的沉穩音調說著：「你大可不必擔心之後，這裡是永恆的世界，你可以在這裡重新建構你的組織，成為獨立的一體。」

「成為……獨立？」

「是的，你可以不用再被侷限於人類的主機，而能成為自由穿梭於各處的程式。」女子溫和說道。

「自由嗎……？」ＡＲ垂下眼。

他可以不用再繼續待在那個看不見天空的房間，可以不用再強迫自己裝出設定的樣子來面對林月，他可以自行到各處走動，想去哪就去哪是嗎？

明明他應該要覺得心動，但為什麼現在胸口卻像是少了什麼般的空蕩蕩？

「傷到了核心，讓你變得難以思考嗎？」

女子的問話讓AR陷入遲疑的呆愣。

——思考？

不，他知道就算他的核心破碎了，但他的「資料庫」還在，他無法回答是因為他知道自己當初做出選擇的初衷。

他想要保護他的母親。

但他知道自己已經無法再回去了。

AR垂下頭，輕聲問道：「如果我想要離開這裡，能嗎？」

少年嚴肅道：「你的核心傷得很重，如果我們當時沒有及時將你拉來這裡，你早已不存在。」

女子搖頭，接在少年之後說：「我們無法確定後果，但若你現在離開，很有可能破損的結構會繼續擴增，最後也許會消失，無法再復原。」

AR垂下眼。在他決定將主控權讓給EP1和EP2時，他早就做好會消失的心理準備了，雖然他曾經想過如果能抓住一點自由該有多好，但是……

深深呼吸，AR看著自己四肢上的鋼甲，這些原本讓他厭惡的重量似乎變得不再重要，因為他還是很愛他的母親，就算她的眼裡從沒有他。

「就算消失了也沒有關係，我必須要到一個地方去。」

他知道現在他唯一能做的事情只剩下一件。

女子望著AR如此問道：「你想要前往哪裡呢？」

如果說身為程式的他也能像人類一樣祈禱的話，那麼他希望自己能完成這件事情。

「《創世記典》。就當是為了EP1和EP2，也為了保護母親，我必須去停下那東西才行。」

女子與其他人互看一眼，點了點頭。

一瞬間，無數的結構碼從四人身上分離而出，在他們身後變成了無數個人型，龐大的數量讓AR突的一愣。

摻雜著各種年齡與男女的混合音調在空間內迴響：「擁有自主的程式，你的選擇令我們感到意外，你用你存活的機會來交換，因此我們決定再幫你一次，替你開通前往的道路。」

▲▲▲◎▼▼▼

「哥、哥哥！？」

碧琳難以置信的看著半身破冰而出，單手抓住她的右手，一臉吃力的扉空。

扉空想要挪移冰中的左手和雙腳，但卻像是被什麼東西沾黏住般的無法動彈，又像是與那些冰塊融合成一體，他無法感受到那些手腳的知覺，只能靠著唯一可以動的右手來撐住碧琳的全身重量。

緊抓碧琳的手，扉空連小小的呼吸都不敢，就怕一鬆懈，碧琳會摔下去。

劇烈的魔法再次擊上冰柱，火光的旋風在碧琳的腳底炸開，熱氣讓碧琳緊張到縮了下肩膀。

「抓住我！」

聽見扉空的命令，碧琳本要伸出另一隻手去抓，但卻在半途縮回身側。底下的火光二度炸開，碧琳在半空中隨著花體劇烈的震動而搖晃，卻遲遲不肯將另一手抓上扉空的手腕，扉空只能緊咬牙關，用盡全身的力氣緊緊抓住他掌心中的手。

手指在蒼白的皮膚掐出紅痕。

待晃動停止，扉空趕緊再喊：「碧琳，快點抓住我！」

「我不要。」

被拒絕讓扉空無法理解的睜著眼看著碧琳。

低垂著的臉龐抬起，碧琳堅持道：「除非哥哥你停下這一切，不然我不會抓住你的手。」

「不要拿自己的性命開玩笑！」

「拿性命開玩笑的是哥哥你！」

碧琳的回喊讓扉空一愣，再也說不出半句話，他只能看著碧琳眼眶紅潤、語帶哽咽的繼續述說：「我知道哥哥你害怕失去我，也知道哥哥將我當成唯一，但我並不希望因為我一個人而讓其他人遭受到無關的牽連，就算真的用這個世界換回我的健康，我也沒辦法安心的活著，尤其是失去你之後。」

要她在沒有他的世界活著，她也同樣做不到。

顫抖透過指尖傳達而來，碧琳看著低垂著頭，讓髮絲蓋去一切表情隱忍情緒的扉空，她露出微笑，「哥哥你看，我不是青玉的樣貌呢。」

扉空緩慢的抬起眼。

「看起來就像是奇蹟，對吧？」碧琳舉起另一隻手，輕輕的搭上扉空的手背，「哥哥，你還記得我們的約定嗎？我們說好明年要一起去看櫻花，我答應你，我一定會遵守我的諾言，所以也請你別再繼續傷害其他人好嗎？停止這一切，就當是為了我……」

「我辦不到。」

碧琳一愣，此時她才意識到扉空眼裡藏著的疲累。

「雖然是我啟動了這東西沒錯，但我……我停止不了……」

「怎麼會！哥哥你再試試看……」

「我真的沒辦法！我做不到！」

扉空想挪動冰裡的手腳卻毫無進展，他咬著唇，抓著碧琳的手因為沉受不住重量而大力顫抖著，「我試過了，但妳也看到了，我連離開這層冰都做不到。若我能停止，我早就停下這該死的東西，絕不會讓妳處於現在這危險的狀態！」

碧琳的胸口揚起從未有過的瘋狂跳動，她趕緊將放在對方手腕上的手改成緊握，雙腳在半空踢踏，用自身的力量一下一下的拉扯，但扉空只是沉痛的閉著眼，埋附身體的冰邊連裂開一小角都沒有。

——就像是整個人與冰融合一樣。

碧琳從沒想過事情會變成這樣，「我不要……哥哥、哥哥！」

扉空無能為力的任由碧琳哭泣著，連為她擦去眼淚都做不到，只能聽著她心痛的泣鳴。

在面臨失去她的徬徨時，他選擇了一條明知道危險的道路，但他沒想到碧琳竟然會出現在他面前，還讓她看見如此狼狽的自己、讓她看見他所做的過分事情。

他知道啊，碧琳早就告訴過他，她並不想用《創世記典》這座世界來換取她足以行走的能力與健康，只是他當時無路可走，而現在卻是無路可退。

他是真的注定抽不了身，所以現在他能做的事情只有一件。

看著底下展翅飛來的鷹人，扉空鬆開了手指。

碧琳因為雙手失去支撐而慌張亂抓，但就算碧琳抓緊了，卻還是無法抵擋下墜的重力，手指一根一根的脫離。

「不要、不要！我不要這樣！我想要你活著才來的，我想要你獲得幸福啊！哥哥！」

她想抓住，卻被推開，她看著扉空露出了一如既往的溫和笑容，只願意對她露出的微笑。

「能再看見妳，就是我的幸福了。」

聲音逐漸遠離，被風聲瀰蓋而過，碧琳睜大眼看著變得模糊的身影，伸長手，卻無法再觸碰到對方。

——為什麼要這麼做？

——為什麼要強迫自己選擇這條路？

後背被人一托，波雨羽接住往下墜落的碧琳。

水珠在長髮的遮掩下無數墜落，在空中閃爍著晶光，最後融入泥地之中。

「為什麼你總是這樣自私的自以為是的犧牲！我根本、根本不想要這樣——哥哥——」不顧身體傳來的疼痛，碧琳用盡力氣嘶聲喊著。

▲▲▲◎▼▼▼

柳方紀不在的研究室，由張耀泉坐鎮其中。

「OK，分析出來了！」

黎俊世按下按鍵，機臺上小螢幕顯示的影像瞬間挪移到大螢幕，影像裡是一座三百六十度旋轉的冰花架構剖析圖像，原本冰材質的顯像變成了分隔的線條，花苞的中心與花莖底部依序出現了紅點標示。

「林月開發的這病毒總共有九處吸收點，分布在花莖底部的八塊基石是主要的地基，專門吸取接收《創世記典》的數據，再經由花心最頂部的內藏主結構轉換成自身的能量，也就是那一名玩家所困的地方。如果要停止M77的運轉，就必須先破壞它的吸收結構，也就是地基分布的這八個點，以及最靠近那一名玩家的花心頂端。」

「那麼破壞的方法……」

「用這個程式吧。」

始終沉默的金在葉終於開口，他按下自己前方的鍵盤按鈕，原本在機臺小窗顯示的影像瞬間占據中央螢幕的四分之一，所有人閱讀完那段程式構成碼之後，皆面露訝異，並開始討論這程式的可行性。

「你這麼快就完成制衡的程式了！？」

季東裕難以置信。雖然金在葉的頭腦僅次於柳方紀是眾所皆知，但沒想到他一邊看著黎俊世進行的資料剖析，只花了一小時的時間就一邊完成應對的程式構築書寫。

金家二少爺若是願意將這副腦袋運用在商場，還不叱吒風雲？

「那個玩家不能再拖了，M77吸取和轉換的時間雖然遊戲裡是一天，但我們現實中卻只有兩小時的時間可用。這個程式我也不確定是不是真能達到最完美的成效，但至少能阻止病毒的持續運轉，如果趁這段靜止的空檔，其他人能將那名玩家救出來，或是EP1、EP2成功關閉M77……」

他還是比不上柳方紀的才能，所以只能在最短的時間內趕出拖時的反劑，這是他唯一能做到的事情。

「只要能爭取到時間就沒問題，方紀現在應該和林月見面了，ＥＰ１和ＥＰ２也在努力，我們可不能因為沒有執行長坐鎮就讓《創世記典》說毀就毀，會被笑的。」張耀泉拍了拍金在葉的肩膀，深吸一口氣，嚴肅道：「接下來該思考的是如何將這程式放進冰花的基點裡……」

雖然擁有制衡的程式，但沒辦法突破M77的防護網也是沒用，要怎麼做才能將程式確實放進M77的架構裡，完成啟動呢？

「如果……請玩家幫忙呢？」

一聲小小的猶豫引來所有人的注目，綁著馬尾的年輕女子緩慢的舉起右手，遲疑了一會兒才繼續說：「不好意思，雖然我好像沒資格多說什麼，不過我想如果有玩家願意幫忙，應該會比較容易，因為那個……M77病毒在《創世記典》『體現化』了不是嗎？那麼，只要將金先生的程式也『體現化』，想辦法觸碰到或是……」

女子手指鬆了又握，似乎在思考著該怎麼將腦中的想法表達出來。

「比如說……用類似武器的物品去破壞基點？」

季東裕的接話讓女子歡喜的重重點頭，「對！沒錯！」說完之後，女子又覺得自己的想法似乎過於天真，抿了嘴道歉：「感覺好像想得太容易了對不對？抱歉……」

「不，我覺得妳的方法應該可行。」

金在葉的突然冒話讓女子露出呆愣的表情。

「我會將程式改寫成可裝載在遊戲武器上的組合結構，但時間方面，我最多只能應變出九組武器裝載品。」

「這樣就夠了，一組一點，只要玩家們願意幫忙，就不是問題。在葉，麻煩你馬上進行程式改寫。」

張耀泉一說完，金在葉立刻著手進行程式更改，四名人員也幫忙分擔部分工作。

另一邊，黎俊世和季東裕還有其他幾名工作人員則開始討論如何讓玩家確實知道目標所在進行攻擊，最後決定使用能動用的數據進行位置標示。

張耀泉回頭看了眼幫忙其他工作人員整理資料的女子，思考了下，似乎有了某種想法。

金在葉手指在鍵盤上快速的敲打，直到最後一個字落下，螢幕構築的程式終於開始跑動驅動趴數。

10%……20%……50%……

在數字到達百分之百的時候，金在葉喊了聲：「行了。」

張耀泉轉向其他夥伴，下達命令：「馬上將裝載物送進《創世記典》，開啟第二任務。」

「是！」

收到指令，研究室裡的眾人分工合作，開始進行資料傳輸與改寫的動作。

▶▶Loading...

第八伺服器

我們的奇蹟！

陷入混亂的中央城鎮失去一半以上的屋舍，龐大人數的玩家聚集在本是中央競技場的空地，朝中央高聳入天的冰花進行攻擊，只是隨著時間的消耗，冰花吸取的數據越多，冰藤蔓就拚命再生，且數量與體積都與一開始大不相同，一些人也開始感到疲累，人馬陷入無法進退的纏鬥。

天空中的倒數計時剩下不到兩小時。

開了一槍將飛竄而來的冰藤蔓打碎，荻莉麥亞的視線落在遠處的人影身上，她瞇起眼，轉移到冰花上的人影，還未看清那抹色彩，身旁卻傳來了擊中物體的悶音。

荻莉麥亞趕緊回頭，看見愛瑪尼因抵擋不及而被冰藤蔓打飛，她立刻將槍械往身後一揹，綠光在後背凝聚成四片妖精薄翅，薄翅快速振拍，荻莉麥亞轉身飛上半空，從後方接住愛瑪尼。

發現自己沒摔地的愛瑪尼回頭望，在看見荻莉麥亞身後展現的飛行能力後露出驚訝的神情。

荻莉麥亞視線一移，抱著愛瑪尼側身一翻，靈巧的在空中閃避突襲而來的冰藤蔓，隨後迴轉身子往人群後方方向飛去。

至少有其他人可以先擋著。荻莉麥亞如此想著。

在後方空地放下愛瑪尼，荻莉麥亞跟著收翅落地，一塊面板也在同時於兩人面前冒出。

特殊任務進入第二階段——

任務內容：【使用武器裝載物確實破壞冰花的九面基點，瓦解冰花架構，救出人質。】

任務時間：【在任務剩餘時間結束之前。】

特別說明：【基點位置分別為莖底內部的八塊基石，以及花心頂端的中央結構。請依照標示點來進行攻擊。】

荻莉麥亞與愛瑪尼互看一眼，朝人群方向望去，只見原本空無一物的地方突然依區冒出九個彩色泡泡，因為距離關係，他們只能看見泡泡內部都有一個物體，但看不清楚物體樣貌，看來只有親自去取得才能知曉內容物，且看數量是需要九個人合力完成才行。

而冰花的八方根蒂處和天空的花心頂端也分別出現了紅色指示點，示意任務項目應攻擊的目標處。

「武器裝載物？」

人群因為突如其來的進階任務要求而喧譁，只是卻無人願意上前取下那九項物品。

說到底，還是沒有人會願意為了陌生人而使自己陷入危機之中。如果要破壞地基就得靠近冰花，那麼勢必要將性命放在後位。

時間剩不到兩小時，他們能等，但扉空無法再等，她不想去想像超過時間扉空會變得如何。

荻莉麥亞深吸一口氣，在愛瑪尼阻止之前握著槍械振翅飛躍人群落在泡泡前端，手掌毫無猶豫的穿過泡泡將內部的物品抓出。

泡泡隨著動作而破掉，荻莉麥亞也看見了躺在自己掌心的物品，那是一枚漫布彩光的子彈。

「原來如此，是依照玩家的職業屬性分化的攻擊物品吧。」

荻莉麥亞將子彈安裝進狙擊槍裡，跑動格數的圓形數據條在槍身外出現，數據跑滿格，槍身也同時傳來清脆的上膛聲響。

「荻莉麥亞！」

身後傳來愛瑪尼的慌張喊聲，但荻莉麥亞卻無暇顧及，她眺望冰花上的九個指示點。

既然沒人願意出手，那麼就由她來做！

九個點，統統由她來破壞。

「我這個人就是這點不好，就算有時候想裝作置身事外，但最後總是管不了自己的手腳、自己的心……我不想成為一個眼睜睜看著同伴死亡的混帳！」

低聲吼完，在愛瑪尼衝出人群抱住她的前一刻，荻莉麥亞振翅蹬飛上天。

「等一下！荻莉麥亞！」

將愛瑪尼的呼喊拋諸身後，荻莉麥亞低聲喊道：「啟動技能——森翼之眼！」

翠綠的色彩染上睫毛，雙眸變得好似純粹的祖母綠寶石，視野變得更寬廣，專屬技能讓荻莉麥亞對周遭襲來的攻擊更能清晰注意到。她將所有的精神專注在迎擊的冰藤蔓上，翻身閃躲，企圖接近冰花最高點的花心。

同時，地面的人群也出現了意料外的騷動。

抓住欲想衝去擔下重任的座敷童子與杦木童子，王者低聲道：「那對你們來說太危險了，不准過去。」

「但、但是都沒人願意幫忙，要是再拖下去扉空哥哥……」座敷童子著急不已。時間所剩不多，除了荻莉麥亞率先擔下破壞基點的責任，其他人根本無所動靜，她不想失去扉空，所以就算知道危險她也不能只是光看著，她也要出一份力！

「騰蛇，你也不想要自己的主人受到傷害吧，那就自己出來保護她。」

王者話語脫口而出，沒想到式神竟然真的從座敷童子胸口的圖騰鑽出，現身在座敷童子與枕木童子的身後，雙手各抓著快要脫韁的兩人。

對於威士比如此聽話，座敷童子瞪大眼，難以理解為什麼自己的式神會聽主人以外的人的命令，枕木童子更是直接哇哇大叫：「座敷，快叫妳的式神放手啦！」

「威士比，快放開我們！」座敷童子慌張命令。

「很抱歉，唯有此刻，恕難從命。」

「你明明就是我的式神，為什麼不聽話！」

「……因為我不想再孤身一人。」

座敷童子一愣，連掙扎都忘了，只能睜著大眼回頭望那名如同狂獸般的青年，青年眼裡沒有平常的凶狠冷漠，只有複雜的孤寂。

「座敷，妳不相信我嗎？」

王者的話語讓座敷童子趕緊回頭反駁：「當然不是……」

「那麼妳相信我嗎？」王者在座敷童子與枕木童子的面前跪蹲著，認真保證：「我知道你們很擔心扉空，我也同樣希望扉空能平平安安，當然，更希望你們能不受傷，所以我會做到，一定會救出扉空，請你們相信我。」

「但、但是……」座敷童子還要再說，卻被柀木童子拉住手阻止了話語。

柀木童子緊握凰冥刀，低聲請求：「拜託，請你一定要將扉空哥救出來。」

他知道王者是為了他們好，也知道他們的能力確實有限，不論他們有多麼的想要出一份力，但到底還是小孩子，這時候真的不能再衝動行事了。

王者微微一笑，伸手摸了摸兩個孩子的頭。

「我向你們保證。」

認真說完，王者起身重新置握冰雪丸，隨後轉身奔跑穿越人群來到最前方，用本身的雙刀武器去砍破飄浮的彩色泡泡，當刀身劃過泡泡的那一刻，加載的圓弧數據出現，透明刀身染上顯目的流動彩光。

「夢幻城的各位，請幫我開道！」

王者一聲令下後，便直往冰花地基的其中一塊基石跑去，日天君與雷皇完全沒有阻止自家城主的衝動行為，反而從王者身旁的兩邊奔跑而過，用自身的武器與技能反擊從前方飛竄而來的花根，替王者增加靠近的機會。

夢幻城的成員緊接在後，擔任斷尾與輔佐的工作。

夢幻城城主自願投入戰場，讓無人願意承擔重任的戰場局勢產生了變化。

漓夏城的城主烈風，以及搭乘在同伴駕駛的戰車之上的墮鬼城城主柳曉月，兩人搶在王者之後，各自選擇了前方的彩色泡泡進行武器裝載。

接著，在隨身護衛的開道下，烈風選擇朝右前方的基石前進；柳曉月則是指示戰車駕駛前往左前方的基石。

三城入戰，其他城鎮又怎麼能置身事外？

數名男女紛紛從各處跑向飄浮的彩色泡泡，取出泡泡內的物品、用武器去觸碰泡泡完成武器裝載，加入戰場。

原本無所動靜亟欲置身事外，但最後在王者、烈風、柳曉月、荻莉麥亞的率先帶領下，另外四個城鎮的城主皆擔下重責，領隊朝各自選定的基石前往攻擊。

另一邊，波雨羽將碧琳交給跑來的伽米加，「伽米加，青玉就麻煩你看顧了。」落下囑咐之後，他手持落櫻起身跑向僅剩的那顆彩色泡泡。

「等一下！波雨羽，我也要去！」

「你該做的是保護青玉，讓我無後顧之憂。」

一句話，堵住伽米加欲想起身的動作。

「我知道你和青玉一樣都很關心扉空，因為你是扉空來到這座世界時第一個遇見的朋友與夥伴，更何況你們在現實中還有著應當是相識的關係……但是，伽米加，每個人都有他自己該擔負的責任，而現在這個任務該是我擔下，不是你。」

伽米加的表情明顯一愣。

波雨羽深吸一口氣，望向冰花上被冰晶重新覆蓋的身影，他轉身向伽米加與碧琳保證：「請將信任交託於我，這件事情一定得由我來做，那時候我沒能為我的朋友做上任何事，現在重新相逢，又怎麼能置身事外？我讓阻止這一切發生的機會從手上溜走，導致現在這種結果，請讓我彌補我未能阻止的過錯。」

如果他不擔下這責任，那麼將來一定會感到懊悔，他未能為自己的好友盡一份心力，就像當初未能察覺好友眼裡藏著的異狀，讓原本有機會挽回的事情變成無法拉回。

重新的相遇，他想，就是上天對他的寬恕，是奇蹟。

「會長。」

顫抖的喊聲，讓波雨羽低頭注視雙手交握在懷裡的碧琳。

那雙蒼白的手、那拚命隱忍的臉，這孩子，一定很辛苦吧。就算自己有多麼的想要盡一份心力，卻為自己無法做到而痛苦。

「請你……替我做到我沒辦法做到的事情。」

請替她救出她唯一僅有真愛的人。

「交給我吧。」波雨羽露出微笑，「伽米加，好好保護青玉，這可是白羊之蹄公會會長的命令，不得違背。」

語畢，波雨羽轉身跑向僅剩的彩色泡泡，用落櫻從中橫劃而破，彩光渲染武器器身，加載的數據跑動滿格，波雨羽將落櫻橫舉置於身後側，邁步衝向前方的地基範圍。

天空中的數字持續倒數，波雨羽深知自己必須把握時間，他知道這些裝載是開發團為他們爭取來的機會，如果把握住就能扭轉錯誤，若無法握住，那麼他就只能再次失去他好不容易重逢的友人。

冰面裂出一縫，冰藤蔓從中增大竄出，迎面飛來。

波雨羽架穩落櫻，正要迎擊，豈知後方強勁的水流與魔法突然從兩旁更快的飛過他的步伐，搶先一步擊毀本要阻擋的冰藤蔓。

波雨羽露出訝異的神情。

無數步伐奔跑踏踩的聲音入耳，明姬領著白羊之蹄的成員從後方跑著追上波雨羽。

「別再說廢話，你只需要專心破壞那顆石頭就行，剩下的交給我們。」

不等波雨羽開口詢問，明姬扔下一句話後，右手握著的西洋劍一甩，與其他人加快步伐跑過波雨羽，朝向攻擊來的冰藤蔓回擊、打碎，打開一條明顯的道路。

真正的家人，是不需要言語便能心靈相通，義無反顧的成為後盾。

明姬他們的信任舉動讓波雨羽忍不住笑了一笑，隨後他順著所有人開出的道路衝入地基的範圍，砍碎阻擋的冰藤蔓，一腳蹬躍上天，翻轉著落櫻，朝基石揮砍下猛烈的一刀！

「曉月城主，請立刻調頭，這本來就不在我們的負責範圍內，我們沒有必要為別人承擔如此重責大任！」曇蘭天從柳曉月的左側冒出，著急勸諫。

「蘭小姐說得沒錯，曉月城主應當以自身為重，請快快調頭吧！」峇連難得與曇蘭天同一陣線，跟著加入勸說行列。

只可惜柳曉月不只沒有調頭，反而還指示駕駛戰車的同伴加快速度。

車輪震起沙灰，柳曉月單手抓著車邊蹬跳而起，蹲站在戰車前邊之上，緊握破河明月刀，柳曉月鬼面後方的雙眼視閃凜光，在戰車與前方飛來的冰藤蔓擦撞而過時，柳曉月不顧曇蘭天的尖聲哀叫，直接縱身一跳——

雙腳落地，雙手也順勢盤轉刀身擊碎俯衝來的數條冰藤蔓，柳曉月一打出路，便立刻緊接著快速前進，一刀一刃快速俐落，就像早已看穿冰藤蔓的動向。她一個回馬刀，刷的將偷襲的冰藤蔓橫身截斷，再接兩三斬，連地根都削掉。

柳曉月衝入地基範圍，兩邊跟著無法脫離柳曉月活動範圍的鬼魂只能一臉緊張的互抓著手，一邊彎腰閃躲頭頂飛過的危險冰物，一邊祈禱柳曉月快快完成突破。

柳曉月閃過交叉攻擊的冰藤蔓，一路進攻到冰藤蔓生長連結的基部，她臉上的半面鬼面伴隨著青藍火焰延伸成完整的面具，踏出的腳步染上深沉黑氣。

在柳曉月往基石直衝之時，其他進攻的隊伍也紛紛進入地基範圍，武器與魔法全開只為了打出一條通行的道路，原本鬆散的意志在不知不覺間集結成一心。

王者在其他人的開路下衝進冰花之下。

冰藤蔓交雜亂竄，讓人根本看不見掩蓋在裡面的基石，王者只能靠著前方標示的紅點確認基石的方向，彎身躲過竄飛的冰藤蔓，雙刀向上交叉揮砍截斷，在日天君與雷皇擋下前方再生竄來的冰藤蔓時，王者從兩人中間奔跑上前。

一刀刺入粗大的冰藤蔓，王者翻身跳上藤身，在刀子抽出的同時，他立刻朝向根部中心衝刺而去。

冰藤蔓飛竄。

揮刀斷卻。

王者俐落的穿梭在數條冰藤蔓間，一個滑步，從包夾的冰藤蔓底部縫隙衝入中心，翻身落地，一見到那紅光所指的目標物，左耳上的羽翅瞬間長出細勾，沿著手臂跑到王者的手腕，增大的白神羽閃耀光輝，將刀身的彩光照得豔亮。

「呀啊啊啊啊——」

雙刀交叉揮砍，銀光劃破一切束縛，原本冰封的空間「轟」的一聲連同基石向外碎裂破開。

基石毀壞，此邊區域原本要再生的冰藤蔓瞬間從末端開始崩碎瓦解，劈里啪啦摔落在地。

另一邊也傳來巨大的轟炸聲響。

臉戴完整鬼面的柳曉月從不停飄出黑色魂物的洞裡走出，一腳踏碎地上破裂的基石，散發的氣息讓身旁跟著的兩名鬼魂嚇得瑟瑟發抖。

在王者與柳曉月破壞各自選擇的基石時，他處也紛紛傳來兵器碰撞與重物落地的聲響，雖然攻擊還在進行，但大部分的人都已接近最核心，準備進行最後的破壞。

▲▲▲◎▼▼▼

巨大的冰花苞心，扉空半身攀在冰花之外，半身卻被封死在冰內，薄冰從身體和冰接沾之處開始重新攀附。

扉空能感覺到那逐漸將他身體往回拖的寒意，那冷一點一滴的吞噬他的意識，放眼望去的視野變得有些模糊，他看見有人朝他飛來，卻無法清楚見著那個人是誰，只是那抹紅讓他很熟悉。

原本僅存能動的手臂變得無法使力，連動根手指都做不到。

隨風飄盪的天藍長髮染上白色細霜，扉空抿起的脣因為思緒而顫抖。

本來都豁出去了，不在乎之後如何，他知道他自私到令人痛恨，也不期望有人會原諒他，本來一切會這樣結束，但是……

「為什麼要來到我面前呢？碧琳……」

看見那孩子哭泣、哀求，他的心就會動搖，只要碧琳不出現，那麼他可以什麼都不顧的直到終結，只是他沒想到碧琳竟然來到他的面前。

藏著的後悔思緒跑出，這裡的每個回憶從無數捆綁的鐵鍊裡掙脫赤裸展現，他卻只能拚命告訴自己別後悔、別去看。

「我只是希望妳能好好活下去，只是這樣希望而已啊……」

聲音夾雜動搖，如同扉空逐漸動盪的心。

▲▲▲◎▼▼▼

愛瑪尼看著在天空中於數條冰藤蔓裡閃躲飛行的女子，煩躁的扒了扒髮。

他從沒有像現在這樣厭惡自己如此無能，荻莉麥亞為了扉空毫不猶豫，而他……又做了什麼？

他只是害怕荻莉麥亞會受傷、怕自己再失去她，所以他猶豫了，將夥伴的生死一瞬間從心裡拋除地位。

原來在他沒發覺時，自己已經變得那麼自私了。

深吸一口氣，愛瑪尼收起臉上的難看笑容，拿著武器衝進前方的戰場，朝向從花根延伸衝往天空的冰藤蔓擲出鐮刀，旋轉的刀口與鐵鍊纏繞住冰藤蔓，用力拉扯，愛瑪尼右手翻出一枚彈藥，朝上就是一扔——

黑色圓物在半空翻轉著，砸中冰藤蔓炸出劇烈的爆響與火光，纏繞的鐵鍊因為失去支撐而落地，愛瑪尼也不浪費時間趕緊拉扯著收回，繼續往下一根冰藤蔓攻擊，盡量從地面減少追擊荻莉麥亞的冰藤蔓數量。

只是愛瑪尼沒想到就算他努力的破壞，速度還是比不上纏鬥再生的冰藤蔓。

荻莉麥亞握穩狙擊槍瞄準花心上的指定點，正想要開槍，沒想到旁邊又竄來冰藤蔓，逼得她不得不挪移原本架好的位置，薄翅快速振拍，她翻身閃了邊，冰藤蔓從皮靴後跟擦過，荻莉麥亞暗喊了聲糟，趕緊穩住身子平衡，也在同刻，她的視線落在天空中的倒數計時。

——剩下不到三十分鐘的時間能破壞基石了，不能再耗了！

雙眼變得更加凜冽，荻莉麥亞咬唇，不顧胡亂飛竄的冰藤蔓，就像是將生死豁出去般直往花心的位置飛去。冰藤蔓在周身胡亂竄飛，但荻莉麥亞顧不得自己身陷險境，現在她的視線全在前方的那個攻擊點上。

冰藤蔓擦過臉頰和手臂劃出滲血的傷口，連髮帶都被削斷，可荻莉麥亞不但沒有減緩直飛的速度，反而還加快許多，飛到與花心剩下不到十公尺、能夠準確瞄準不失誤的距離，她架穩狙擊槍，正要扣下扳機——

突如其來的衝擊讓她的身子重重一晃，荻莉麥亞側過頭，呆滯的看著不知何時從自己身側竄過、貫穿兩片重疊薄翼的冰藤蔓，飛行的浮力一瞬間失衡，無法拍動的翅膀因為承受不住重量而從中撕毀裂開，在身體向下墜落的那一刻，荻莉麥亞看見花心邊緣那趴在冰上、身體附上薄晶的身影。

眼見就快到了，怎麼能在這裡失敗！就算要她的命也沒關係，只求這一槍能夠……

荻莉麥亞咬牙架槍，槍口直指天空的花頂。

「去吧——！」

「碰！」

槍口前端隨著子彈的射出迸出火星與煙硝，彩色的子彈貫穿阻擋的冰藤蔓，直往瞄準的頂點而去——

……她只希望這一槍能夠救回她的同伴！不論如何都得擊中！

「啪！」

寄託希望的子彈奇蹟似的不偏不倚射進所指的目標部位。

破損的翅膀無法拍動，荻莉麥亞的視線穿過飄盪的紅髮，落在其他幫忙攻擊地基的人群身上，像是鬆口氣般的，她看著離自己越來越遠的天空，閉上了眼。

地面，一道人影奔跑而來。

愛瑪尼跑向荻莉麥亞墜落的位置，扔掉武器，雙手探長向前飛撲——

「碰！」

愛瑪尼接住荻莉麥亞，抱著人連翻好幾個滾，直到撞上冰面才停下。

背部很痛，但愛瑪尼可管不了那股疼，撐起身子直喊著荻莉麥亞的名字。

雙眸的覆蓋物褪去，荻莉麥亞瞇著變回正常的眼，她深深喘息，似乎想爬起身卻無法做到，手掌一直想抓身後斷裂的薄翅。

「很痛嗎？」愛瑪尼不知道翅膀的損毀對荻莉麥亞本身是不是有所影響，只能下意識的拿出傷藥。

此時，花頂的子彈化為彩光融入冰花花心，細小的崩裂聲響傳進愛瑪尼耳膜。

愛瑪尼抬起頭，只見從花莖上半部再生的冰藤蔓突然紛紛碎裂散開，朝他們所在之處崩落下來！想也不想，愛瑪尼扔了傷藥趕緊背過身，將荻莉麥亞緊抱進懷裡護著。

胸口傳來輕頓的推搥，但愛瑪尼還是沒有鬆開手。

得保護她、絕不能讓她再受到一絲傷害——這念頭占據愛瑪尼的思緒，他緊閉眼，用自己的一切來護住他這輩子最珍惜的人。

大塊碎冰劈里啪啦砸落，將交纏的身影不著縫隙的掩埋。

彩色的組合數據在冰花角落蹦的冒出，並且從中裂出一個裂口，AR從裂口跳出，雙腳依序落踩在地。

包覆著白色鋼甲的手臂舉起，手掌貼在冰面之上，AR右眼的藍色寶石跑動數據資料。

緊閉的眼睛緩緩睜開，當愛瑪尼抬起頭時，才發現原本應該掩埋自己的冰塊竟反向飄浮，然後一瞬間碎成光亮的晶粉消散。

最後一聲爆音止息，扛著一把雙頭巨斧的豔麗女子從花莖下走出。

八塊基石全數被破壞，破碎的基石被流動的色彩渲染，然後是堆覆在周圍的冰堆，最後彩光遍布整朵冰花。

「劈啪、劈啪——」

花莖從下、從中、從上裂出無數道裂痕，「轟」的一聲，整朵花崩碎瓦解，扉空的身影跟著夾雜在其中墜落。

AR抬頭眺望在碎冰間一起墜落的身影，向旁邊的彩色數據說出小聲的請求，拿著氣球的女孩頓時從彩色數據被分裂出來，飛到扉空的身旁，當她的手觸碰到扉空的同時，白色薄膜包覆了扉空的身影，減緩掉落的速度。

冰塊的摔落揚起白色霧灰，強烈的冰氣向外席捲而去。

天空中的倒數歸零。

霧灰隨著風吹而飄動緩散。

王者放下遮掩的手臂，冰山崩落的縫隙似乎鑽出了許許多多紅色的細小東西，仔細一看，才發現是數據字體，那些數據就像是趨光的昆蟲般全往冰堆的右方角落爬去，最後全集中在一名身穿白色服飾的少年手裡。

AR將手掌從冰面抽離，數據也跟著被牽引而出，聚集成一條有著亮眼光芒的細線，他五指縮起，扭動的細小光線被緊緊握住，「啵」的傳出細小的破裂聲。當AR再次攤開手掌時，掌心只剩下一團粉末，下一秒，粉末向上飄轉著消失無蹤。

「他是……？」

察覺到王者的視線，ＡＲ轉頭回望，鬆開緊抿著的嘴唇正要說著什麼，但身體卻在此時變得透明，他看著自己明顯能看見數據遊走的透明手腳，最後只能垂下眼，對著王者笨拙的彎腰致意後，化為數據光點消失。

與扉空一起緩降在冰堆之上的彩色女孩偏了下頭，彩色數據也翻轉著來到她身旁。女孩蹬跳了一下，整個人「咻」的變成一個小型的彩色方塊，與彩色數據融合成一體，隨後消失不見。

「……王者？」

日天君的聲音將王者從失神中喚回。

王者望向日天君，像是在思考什麼般的沉默。

日天君朝向剛剛王者所注視的地方看去，卻沒看見任何東西，只能詢問：「怎麼了嗎？」

王者不知道該如何表達看見那名少年之後胸口那股壓抑的熟悉感，只能搖了搖頭道：「沒什麼，只是突然覺得……有點難過。」

不知道為什麼，那名少年帶給他很熟悉的感覺，胸口有種說不出來的悶。

「？」日天君眨了眨眼，不明所以的咀嚼王者的話語。

此時，前方傳來了迫切的喊聲。

「哥哥、哥哥！」碧琳掙脫伽米加的手跑著衝過人群，她著急的爬上冰塊堆，途中還差點腳滑撲倒。

碧琳一路跌跌撞撞的爬上冰堆的頂端，終於看見了躺在冰上屈身掩面的扉空。

「哥哥。」

輕聲喚道，卻讓扉空的肩膀開始顫抖，晶瑩的液體從遮掩的掌心下流落。

碧琳垂下眼，她並沒有去觸碰扉空，而是屈膝跪在他身旁。

「別害怕。」

一句話，讓扉空的身子僵直。

碧琳伸手拉下扉空的手，露出一抹微笑，她彎身將額頭靠貼在扉空的額頭，靠近的距離讓她看見了那睫毛沾染的淚珠，透過額片的雪花她感受到對方複雜的情緒，有痛苦、有悲傷、有猶豫、有絕望、有慶幸……

「哥哥，你找到寶藏了嗎？」

輕聲問語，扉空說不出半句話，只能咬著脣發出隱忍的泣嗚。

「你找到了對吧。」

這不是疑問，而是肯定。

碧琳溫柔的撥起對方被淚水沾溼的瀏海，就像是母親在他們小時候替傷心難過的他們拭去眼淚一樣。

那時候，兄長在醫院對她做出詢問時，她沒有發現異樣。但，也許從那時候起，兄長就在掙扎猶豫。

她所埋下的寶藏，就是《創世記典》這座炫目耀眼的世界，兄長在這裡所遇見的朋友與家人、所挖掘到的珍貴回憶、那些他重新拾起的逝去事物，全部……

如果他還看不見自己所擁有的，那麼他就不會有所猶豫。她想，或許他已經看見了，也發現到了一切，所以才會如此的痛苦。

「我答應你的事情我一定會做到，所以……就這樣吧，哥哥。」碧琳低聲懇求。

扉空的眼淚落得更凶了。

「我已經沒事了，所以，快點到醫院來找我吧，我會在醫院等你的。」

▲▲▲◎▼▼▼

望著螢幕上顯現的兩道身影，林月顫抖到不能自已，如同祈求般的伸出手，只盼望能夠觸碰到對方。

「我的孩子……」

「這句話，妳應該要對AR說才對。」

一句話，讓林月將即將脫口而出的下句話吞回喉間，伸長的手僵硬的縮回。

EP1收起眼裡的哀傷，將視線從啞然無語的林月身上移開，轉而注視柳方紀，報告：「因為AR的自動投降，我們已經拿到主機的操控權。M77的分析完成了，雖然我們已將它進行遠端關閉，但卻發現M77的程式還有一小部分並沒有停止運轉，我想是因為吸收了啟動者的資訊，讓即將完成構築的程式產生分隔獨立性的關係。」

「這點我已經先向開發團聯繫報告了，意外的是，他們說現在玩家們正使用他們臨時編寫出的制衡程式進行M77的基點破壞，且突破狀況相當順利，應該可以在時間內救出那一名玩家。我和ＥＰ2也會儘快趕回去協助。」

「我明白了，辛苦了。」柳方紀點了點頭。

ＥＰ1對著柳方紀回以首肯，視線完全沒在林月身上多做停留，他轉身拍拍身旁的ＥＰ2，示意她該回去他們所待的地方進行接下來的工作。

然而，ＥＰ2卻沒有挪移腳步，反倒鬆開一直緊抿的脣，注視著一臉失意的林月，不甘願的說：「我不管妳是為了復仇或什麼樣的原因才開發出ＡＲ，但是只要妳創造了他，那麼妳就該真正的擔當起責任才對。我無法否認妳對Eraprotise確實付出了情感，曾經做過那種事情的我也許沒資格這樣講，但我沒辦法就這樣看著ＡＲ消失之後裝作什麼事情都沒發生閉嘴離開。」

林月緩慢的抬起頭。

螢幕裡的ＥＰ2眼眶泛紅，不顧ＥＰ1的阻止，重聲說道：「我沒有ＥＰ1的冷靜與理性，所以差點犯下無法彌補的錯誤，但因為那個人，是她讓我明白受了傷並不是傷害另一個人就能釋懷，而是找到一個能撫平妳傷痛的人，那人願意傾聽、願意將妳放在心上，那傷，才能癒合。」

「我想妳一定不知道，ＡＲ他……直到最後一刻，都是希望妳開心。」

林月的身子一僵，睜大著眼。

——妳說AR他……

「我不相信妳從沒有發現過AR早就已經擁有自主性，但因為妳的自私卻傷害了他。就算我們是程式，但我們也會感覺到痛！」EP2將手放在自己的胸口，吶喊：「所以我才討厭人類！因為你們無法體會我們這些程式的痛苦！沒有痛覺，不代表不會痛；沒有心，不代表沒有感情；沒有血液，不代表我們無法體會你們的情緒……我們唯一與你們的不同，只是我們沒有能夠自由活動的血肉，但我們，卻是一直看著你們。」

「AR一直看著妳，按照妳的期望而走，但妳……又對他做了什麼？」

「妳從沒有仔細去看過他的心，妳只是在利用他，妳沒有資格說別人對不起妳，因為這次是妳，殺了自己的孩子。」

EP2的冷聲指責，讓林月全身發抖的跪倒在地。

AR對她一直以來抱持著什麼樣的感情，她從未仔細觀察，只是對AR的順從感到開心。對她而言，AR就只是個程式，是她向那些劊子手報復的工具，她也一直這樣以為，直到看見AR自行選擇毀滅，她才突然發現……原來他對她而言不再單單只是個程式，可是這個發現也已經來不及了。

AR已經擁有自我意識，卻還是選擇在她面前裝成順從。

她到底……到底把他逼到什麼樣的程度，才讓他寧願選擇自我毀滅……

ＥＰ２說得沒錯，這次不是別人，而是她親手殺了自己的孩子！是她親手……

雙手環抱住自己，十指深深掐進衣料，林月發出悲哀的泣鳴。

格里斯趕緊上前扶住撐不住自己的林月，抬頭望著螢幕裡的ＥＰ２，那超越人類極限的存在，卻說著如同人類般的話語……

他無法反駁，只能低聲請求：「拜託，請別再說了……」

ＥＰ２正要繼續開口，卻被ＥＰ１拉住了手。

「我們還有事情該做，走吧。」

那拉住自己的手傳來微微顫抖，ＥＰ２知道ＥＰ１一直在忍耐，即便他有多想指責林月的不應該，但最後他還是選擇用理性壓過感性，將能給的溫柔留給這個曾經創造了他們的女人，因為她是ＡＲ最掛心的存在，就算傷害他最深，卻也是他放在心裡最深的人。

但她就是無法忍著不說啊……因為她感受到了與她一體的心現在有多難過。

「走吧。」ＥＰ１再次說。

ＥＰ２闔上眼，抱住了自己的另一半，「好，我們走。」

如果ＥＰ１是那麼努力的忍耐，那麼她也會讓自己做到，因為這是她唯一能為那個孩子做到的事情。

——替他原諒他的母親。

螢幕在兩人轉身離去的那一刻轉黑，原本攀爬流光的機臺也跟著暗淡下來，馬達停止運轉的聲音傳出，原本活躍的機器在一瞬間變得死寂，只剩下室內的燈光撐著照明。

看著停止運轉的黑色螢幕，柳方紀將視線移到前方男子的背影。一直以來，這男人總是像這樣撐著林月吧，為了博取對方一笑甘願走在她身後，即使知道對方做錯，卻還是因為愛著而不忍苛責。

雖然愚蠢，卻也讓他無法責備。

只是EP2的那些指責讓他意外，沒想到「那個人」會影響EP2那麼的深，這可跟當時的胡鬧樣貌大大不同。該怎麼說呢？變得會為別人著想了。

失去AR的林月，大概也起不了什麼大浪，只是可惜了這樣優秀的人才。

嘆了口氣，柳方紀重新戴起眼鏡，轉身離去。

腳步聲讓格里斯回頭，看著柳方紀離去的背影，他沉默的垂下眼，選擇靜靜陪伴在那低聲哭泣的女子身旁。

▲▲▲◎▼▼▼

早晨，探病與看病的人群陸陸續續走進醫院。

科斯特穿越人群，跑過醫院的大廳、走廊，最後來到加護病房前，透過玻璃窗他看見了躺在病床上的少女。

做完記錄的護士從病房內出來，與科斯特碰了面。

看見科斯特的表情，護士理解的對他點了頭，並且引領他進到房內的隔間，穿上防護衣之後，便讓科斯特獨自一人從隔間的門進入病床區。

抱著忐忑的心，科斯特來到病床邊，眼眶有些熱，發抖的指尖觸碰碧琳的臉。

睫毛動了動，隨著眼皮的睜開，碧琳碧色的眼眸從天花板移到自家兄長的臉上。

「哥……哥……」

氧氣罩因為吐息而覆上白霧。

科斯特終於忍不住落下淚水，將那瘦弱的手握在掌心，低頭靠在對方的胸口，感受那微弱跳動的心跳。

碧琳用盡力氣的舉起另一隻手，放在科斯特的頭上，輕撫著給予安慰。

▲▲▲◎▼▼▼

四個月後——

土地種植著無數的花種植物，好幾群人手持觀光手冊，分散指著周圍美景、拍照。

在這座寬廣的美麗花園深處，數棵櫻花直排生長於道路兩旁，盛開的粉紅花瓣如紛雨般隨著風吹而飄落，將道路染上粉嫩的色調。

兩名揹著背包的學生手拉手站到櫻花樹下擺了個踮腳 POSE，在她們前方拿著相機的少女喊著：「準備囉，一、二、三！」

閃光之下，美麗的回憶被記錄在相片裡。

當三人看著相機螢幕顯示的照片笑著打鬧時，一名少年推著坐著少女的輪椅從後方經過，朝花雨道路的深處走去。

在道路的盡頭，顯現的是一座小山坡。

科斯特推著輪椅順著小碎石鋪成的白色道路來到山坡頂，一棵獨立生長的櫻花樹立於眼前。這棵櫻花樹比前面道路兩旁的櫻花樹要大上一倍，白色涼椅置立於樹下供人乘涼。

從這裡可以將山下的城市一覽無遺，紅紅綠綠之間，科斯特不自覺的望向某方——那個他曾經生活過的地方。

在那裡他度過了幸福不已的時光，卻也因為扭曲的痛苦而逃離。

闔上眼，科斯特選擇不再去想那些舊往的回憶，推著輪椅來到樹下的涼椅前，彎身按下把鈕固定輪椅，掀開蓋著少女半身的毯子，科斯特將碧琳抱到涼椅上。

拿起輪椅上的毯子重新蓋住碧琳的腿部，科斯特在她身旁坐了下來，手掌貼上碧琳蒼白的臉頰，輕聲問：「還好嗎？」

碧琳微微的抬起眼，失色的嘴脣扯出一抹笑容，「嗯。」

「想喝水嗎？」

看著碧琳吃力的點頭，科斯特忍住喉嚨的酸澀，從輪椅的背袋拿出保溫瓶，倒了一杯茶水遞給碧琳。

雙手光是舉起就要耗費許多力氣，碧琳咬著脣努力捧住杯子，但還是無法克制手指因為無力而生的顫抖。突然，科斯特的手掌覆蓋上來，握著碧琳的手穩住杯子，他小心翼翼的扶著，讓她能夠喝下水。

碧琳小口的啜飲，轉頭對上科斯特的眼，露出笑容道：「哥哥泡的蜜絲茶果然是最好喝的。」

科斯特沒有說多話，只是微笑著將碧琳飄亂的髮絲撥至耳後。

「咳、咳咳！」

碧琳突然掩嘴咳了聲，科斯特趕緊接過她手上的杯子，拍著幫她順順背。

「很難過嗎？」

碧琳說不出話，只是連續咳了好幾聲，直到喉嚨的癢意稍稍消退，碧琳抬起頭，才發現科斯特已紅了眼眶。她一愣，抿了抿脣，身子往旁邊傾靠。

「哥哥你這樣超像兔寶寶的。」

虛弱的聲音帶著笑意，卻沒能讓科斯特眼眶的熱意消退。

科斯特的雙手緊緊握住茶杯，視線放在前方的遠景，但卻沒有真正的看入心，他現在所有的感受全在身旁倚靠著他的少女身上。

他沒有勇氣去看她，只能安靜的聽著碧琳用虛弱的語調繼續說著話。

「對不起，哥哥，要你偷偷帶我離開醫院。」碧琳的眼皮彷彿背負著重量，張了又闔。天上有幾隻小鳥啾啾的盤旋飛鬧，遠處傳來了人群交談的聲音。這裡很安靜，也足以聽見那座城市傳來的繁華聲調。

以前這座城市讓她覺得畏懼，但現在再看，卻變得毫無感覺。

「我知道我很任性，但我想要多留下一點回憶，這個世界、遇到的人，還有和哥哥一起看見的所有事物……」

她想要留下許許多多的回憶，在她最後僅剩的時間裡。

碧琳指著前方的城市，回憶著說：「我記得在那裡，哥哥牽著初次上學的我一起去學校……學校的方向應該是在那一邊，然後……那裡是我們常去玩的公園……還有那個地方，有一家每次回家都會經過的炒飯店，它的味道真的超香的，害我每次經過肚子都忍不住咕嚕嚕的叫。」

過往的回憶陳舊，卻又像昨日才發生一樣的清晰，她記得那些傷心、難過、開心、快樂的事情，只是……她卻已經沒有保留的權利。

碧琳垂下指著遠景的手，感受到身旁人的顫抖，她垂下眼。

「哥哥你會寂寞嗎？」

科斯特低垂著頭，說不出一句話，握著茶杯的手大力到像是要掐出血般。

她知道啊，他們兩個都明白即將迎來的結局，她能坦然接受，但兄長卻還是沒辦法。然而，為了她，他一直在忍耐。

「別怕。」

碧琳瘦弱的手放在科斯特緊靠的雙手上，她轉頭看著科斯特，用全身的力氣去抱住對方。

「哥哥你會照顧好自己，對吧。」

科斯特用力搖頭，喉嚨的酸楚讓他無法說出否定的話語。

碧琳深吸一口氣，抬眼看著頭上盛開的粉紅櫻花，她露出微笑，退離與科斯特的相互懷抱，用雙手捧起科斯特的臉，俊俏的臉因為隱忍情緒的表情變得有些難看。

碧琳要求：「來拍照吧，哥哥。難得來到了這裡，應該要留下的……哥哥和我一起來過這裡的證明。」

科斯特抿著唇，思考著、掙扎著，但最後也只能應著碧琳的要求從背袋裡拿出相機。他起身四處張望，最後看見從坡下走來的三名女學生，他走向女學生詢問：「妳好……請問能不能幫我拍一張照片？」

「拍照嗎？好啊，沒問題，你要在哪裡拍呢？」

中間的少女友善的接過相機，和朋友說了聲「等一下」，便跟著科斯特來到涼椅前。

待科斯特坐定位子之後，少女數著喊：「看這裡呦，準備——」

碧琳望著身旁陪伴自己一生不離不棄的熟悉臉龐，比自己要大上些許纖細修長的手指緊抓著包覆大腿的褲料，那雙忍耐的漂亮眼眸直視著前方，還有那微微抿著顫抖的嘴唇，她想要好好的記住……

「三——」

對不起，沒能陪伴他到永遠，明明為了她付出所有，卻還要再忍受這樣的悲傷與痛苦。

雖然時間短暫，但是她能成為兄長的妹妹，與他度過那些擁有各種情緒的時光，她真的覺得很開心。

「二——」

以前那些不管是幸福、快樂、悲傷、痛苦的回憶都無所謂了，唯有此時此刻……

再也使不出力去撐著的身子靠上身旁人的頸窩，看著那扶持著她一生，陪伴著她、支撐著她所有的那雙手，如果能，她真的很想緊緊牽住。

只是她再也沒力氣去握住那雙手。

在這最後的一刻，無論如何她都想讓他知道……

「一——」

「哥哥，這輩子……我最喜歡你了。」

聲音微弱如蚊，包藏著最純粹的心意，碧琳沉重的眼皮終於闔上。

她不求來世心願，只希望在她離開之後，兄長能夠過得幸福。

為了她付出所有，卻等不到想望結局的這個人，能夠獲得真正的快樂。

「喀嚓。」

相機的螢幕隨著聲音固定影像。

少女看著相機顯示的畫面，微愣了愣。走回到科斯特面前歸還相機，看了眼靠在科斯特身上好似陷入沉睡的少女，她小聲詢問：「那個，她睡著了嗎？需要重拍嗎？」

科斯特看著照片，笑著搖頭說：「不，不用了，這樣就可以了，謝謝妳。」

雖然覺得哪裡怪怪的，但少女最後還是向科斯特點頭說聲「不客氣」之後，便小跑回到了朋友所在的地方。

「這張照片拍得不錯，碧琳妳也看看吧。」

科斯特將相機遞到碧琳面前，但碧琳卻未睜開眼來看。

「下一個地方妳想要去哪裡呢？對了，妳不是說想吃吃那家炒飯店的炒飯，我們去那裡吃午餐，好嗎？」

用袖子抹了抹鼻子，科斯特吞下喉間的酸澀液體，枕在碧琳頸後的手彎起，手指輕輕的順著那頭漂亮的紅色長髮，臉頰靠上她的頭。

「還是妳想要回公園看看？」

科斯特努力維持笑顏懇求著，但卻得不到回應。

科斯特並沒有就此放棄，像是對方其實只是在等一個好的詢問，他繼續說著：「妳想去哪我都帶妳去，只要妳說，我們就走……只要妳說出口，不管是任何地方，哥哥都一定會帶妳過去，所以……」

聲音終於哽咽到說不出話，眼淚潸然滴下，科斯特抱住碧琳，就像是要埋進自己的身體般將她緊抱著不放，低聲啜泣。

碧琳沒有開口抱怨科斯特抱得太緊，也沒有再對他提出任何要求，就這樣靠在他懷裡，靜靜的睡著。

心痛，這次再也無法停止。

▲▲▲◎▼▼▼

「叮咚！」

「歡迎光臨！」

站櫃檯的少女充滿活力的向進入店內的客人喊著，一邊將檯面上的商品刷過條碼，裝進袋子裡遞給客人。

在客人離開後，一名青年也從門外走進來，舉手打招呼：「哈囉～我來報到囉！」

「小涼，你來啦！」

少女——林馨怡擺了擺手，「今天好像比較晚喔，大叔都整理到你負責的架子了。」

青年——姜涼抱歉的搔了搔頭，趕緊進到隔間的儲藏室放好外套及背包，換上便利商店的統一制服後，來到正在冰櫃前方清點商品數量的男子身後。

「大叔，你點到哪裡了？」

亞密回頭，看見姜涼後笑著打了聲招呼，指著冰櫃裡第二排飲料說：「到這裡，新鮮家的牛奶，前面這些我都點過了。」

「OK！那接下來就交給我吧，大叔你可以下班了。」

「好。」

亞密將手上的文件和筆交給姜涼之後便走進隔間，從置物櫃拿出自己的外套穿上，並且拿出放在櫃子角落的提袋與一個紙盒。

紙盒包裝精緻，印著漂亮的印花，表面透明的塑膠板可見盒內躺著一具漂亮的陶瓷娃娃。娃娃有一頭奶金色的捲髮，身穿裝飾著蝴蝶結的紅色洋裝，頭上更戴著一朵華麗的花飾，看得出來不是普通商店能買到的物品。

亞密看著娃娃許久，最後拿著紙盒與提袋離開隔間。

關上隔間的門，亞密來到櫃檯前。

「馨怡，麻煩給我一個1號的包裝紙箱。」

林馨怡一愣，看了眼亞密手上拿著的紙盒，她從櫃檯下拿出紙箱攤開黏好底部後，移到亞密面前，好奇問：「大叔，你手上拿的那個娃娃很貴吧，要送給親戚家的孩子嗎？」

亞密一愣，他垂下眼，接過林馨怡遞來的氣泡袋放在紙箱鋪底，「不是，是想送給女兒。」

「咦！？大叔你有女兒！？」林馨怡訝異的張大眼。這裡的員工們多少都互相知道同事的資料，據她所知，亞密應該是一個人住，從沒聽他說過他有女兒呀。

「很久沒聯絡了，最近才見到一面。」亞密的手停在盒邊，抿著嘴，「以前做了錯事，把孩子逼離身邊，我找了很久才找到他們的消息、和他們重新見面，結果是看見自己當初做的到底有多過分……前幾個禮拜，鼓起勇氣重新回到孩子的房裡看看，才發現到女兒總是抱著睡的娃娃被留下來了，只是娃娃都破了，想說……」

拿起裝著娃娃的紙盒，亞密語帶苦澀：「我知道這東西遠比不上我做過的那些事情，只是希望……在醫院的她可以有個陪伴的事物。」

在他意識到科斯特和碧琳都離開了之後，他一直想將他們帶回來，只是在與他們重新見面後，看見科斯特那充滿憎恨的眼、坐在輪椅上無法行走的碧琳，他真的不敢再想了。

原來他當初給予的傷害竟是如此的大，他卻還不停的、自私的期望有一天能一家團圓。

這些年來兩個孩子是如何度過的他不敢想，因為只要想了，他會連自己最後的一絲期望都自我否定，他很後悔自己當初做過的所有錯事，只是不管他如何的責怪、懊惱，卻也無法回到那時去阻止自己做出那些殘忍的事情。

「……大叔，你應該很希望他們都能回來吧？」林馨怡小心翼翼的詢問。

「當然希望。」亞密露出苦笑，「只是我已經沒那資格要求他們回來了，現在我只希望他們能活得健康平安就好。」

將紙盒的正面舉向林馨怡，亞密笑著問：「妳覺得十六歲的女生會喜歡嗎？」

林馨怡用力點頭，給予支持鼓勵：「別說十六歲了，我現在二十二歲都想請大叔乾脆直接送我算了。」

「這可不行。」

亞密哈哈的笑著，繼續整理紙箱內部的鋪底，當他拿起紙盒正要用氣泡紙包裝時，門口在同時傳來一聲「叮咚」。

「歡迎光臨！」林馨怡對著走進店內的男子打招呼。

亞密也順口說出習慣性的臺詞。

男子沒有轉向其他櫃架，而是在門口站了幾秒之後，朝著亞密走來。

「您好。」

亞密一愣，轉頭看著那名身穿米色西裝的斯文男子。

「您是亞密．桑納先生沒錯吧？」

聽見自己的名字從對方口中說出，亞密愣愣的點頭，「是，您是……？」

石川點頭致意，自我介紹：「我是科斯特的經紀人，敝姓石川。」

——科斯特的經紀人？

為什麼科斯特的經紀人會來找他，亞密想不出一個原因，只能等待石川自己說明來意。不過他沒想到，接下來石川所說的話語卻讓他難以接受。

「雖然科斯特沒有這打算，但我想還是得向您說一聲才行，所以就親自過來了。」石川遞出手上一直拿著的白色信封。

亞密不解的接下信封。

「這是碧琳的訃聞。」

亞密正要拆開信封的手指瞬間僵直，手一鬆，裝著娃娃的紙盒摔落在地，陶瓷的肌膚因衝擊而裂出一道扭曲的裂紋，就像在控訴他當初的自私所鑄成的傷害。

他一直希望能夠獲得他們的原諒，只是他從未想過……

那傷，卻是再也無法復原。

Logging……

▶▶Loading...

番外

【亞密】錯誤的愛

今天是妻子的生日，他和孩子們趁著妻子外出去採購明天食材的時候，趕緊到附近的蛋糕店去拿早已訂購的蛋糕，並在回家之後將藏著的布置物品拿出。

他和孩子們拿著緞帶裝飾著客廳與廚房，將餐桌鋪上新買的漂亮桌巾，看著踮高腳想要將花飾貼在壁櫥上的兒子，他傾身抱起他，讓兒子足以將手上的花飾貼在壁櫥上。

腳邊傳來拉扯，女兒張著雙手央求自己也要坐在他的臂彎裡。

他笑著放下兒子，轉而抱起女兒，笑看著對方開心笑著的模樣。

能擁有這樣的家庭，是他這輩子最幸福的一件事情，他一直認為自己能這樣一家人相處到永遠，從沒想過自己會有必須面臨這時刻的一天。

事情發生的很突然。

過了一段時間還不見妻子回家，孩子們都等到開始有了睡意卻還是努力睜著眼，他則是注視著時鐘的指針走動，有些不安的起身。

——都九點多了怎麼還沒回來呢？

正當他囑咐孩子乖乖在家裡等，準備出門去看看情況時，一聲突然響起的鈴聲打破寧靜，他放下剛拿起的外套，前去接起電話。

電話裡是陌生的聲音，而那道聲音的主人開頭就是先安撫他的情緒，請他冷靜聽述，而後說出的話語讓他根本忘了如何反應，只能任由電話從他手中脫落，摔在地上。

孩子們跑到身旁好奇詢問，他卻處於震驚的情緒中久久無法回神，直到稍稍意識到剛才那通電話的來意，他趕緊抓起電話旁的車鑰匙，拉著兩個孩子慌張出門。

他怎麼也沒想過自己必須迎來這措手不及的噩耗。

看著屋子裡布置得漂亮的裝飾，他閉上眼。

「令妻在過馬路時不幸被貨車撞到，因為撞擊過於嚴重而導致當場死亡。駕駛是酒醉行駛，這部分桑納先生您可以朝刑事與民事方面去求取賠償。另外……」

在醫院時，他聽不見醫生與警察說了些什麼，只能直直的看著被白布覆蓋的身影，拉起對方與自己套下誓約戒指的手，明明幾個小時前還那麼的溫暖，但現在卻冰冷得令他寒心。

他不懂為什麼別人的過錯要讓他的妻子來承受！明明該死的是對方，為什麼要牽連到妻子！明明一切都還很美好——妻子回家看見布滿布置的屋子、裝飾漂亮的蛋糕，然後露出開心笑容。

而現在，他本該獲得的幸福畫面全都不在了。

咬牙將牆上的緞帶拉扯下來，他瘋狂的破壞這些原本精心布置的裝飾，看著廚房桌上那放置了一天的蛋糕，他用力將它掃落在地。

發洩讓他急促喘息，卻無法排解他心中那股快要將他的心胸扯去的痛楚，他無法承受，最後只能跪倒在地，哭泣哀號。

他從沒有做過任何壞事，為什麼上天要奪走他的幸福家庭？他不懂、他喊著問，卻誰也沒辦法回答他。

而他，只能任由這股快要將自己逼瘋的情緒吞噬自己。

舉辦完妻子的喪禮，家一瞬間好似變得空蕩，每次只要他下班就會從廚房探出招呼的笑容已不在，他不知道該怎麼面對那股失去的茫然，只能開始用酒精來麻痺自己。

——喝得迷迷茫茫的，什麼事情都別去管，失去的痛什麼的也別去想，這樣不是很輕鬆？只要不去想，心就不會感到疼痛。

他笑著將酒往自己嘴裡灌，卻無法遏止眼淚、鼻水的落下，而他只能一次又一次抹掉那些淚水，繼續將自己灌到爛醉。

「爸爸……」

他聽見孩子們呼喊的聲音，卻提不起勁去回應，好幾次明明知道自己不應該，卻還是無法控制自己揮開那緊抓著他臂袖的手，直到被喊聲叫到煩了，他直接拿起旁邊的空罐朝孩子扔去——

他聽見了金屬撞擊地面的聲響，還有女兒的尖叫聲。

好不容易撐開眼去看，但從他嘴裡脫出的卻是不受控制的憤怒吼聲，他看見了窩進兄長懷裡嚇到瑟瑟發抖的女兒，看見兒子眼裡開始逐漸構築成那名為「害怕」的情緒，他不懂，為什麼明明親近的孩子們要變得如此畏懼他？

難道就因為他說了幾句話、扔了東西？

小孩子就是這點煩，做了一點不順他們心的事情、對他們吼了幾聲就不行。

酒醉的麻痺感讓他無法認真去思考自己的所作所為究竟是否正確，只能看著那雙眼裡的膽怯越感憤怒，然後不知不覺間，當他意識到女兒在嚎啕大哭時，他才發現女兒身旁散落了無數個凹折的空酒罐，而兒子則是緊緊抱著女兒，臉上和手上多了許多被尖物劃破皮膚的傷痕，自己手上竟拿著凹折的空酒罐，似乎是想往他們扔擲。

——為什麼……他到底在做什麼！？

「科斯特……碧琳……？」

他顫抖的喊了兒子與女兒的名字，但他們不僅沒有上前，反而還露出更害怕的神情，這讓他不知所措，只能看著兒子慌張的將女兒拉著跑回房間躲避。

他抓著髮跌坐在沙發上，手上的空罐咚的落地。

他不能再喝了，絕對不能再喝了，他怎麼可以把痛發洩在小孩子身上！

在心裡不停責怪自己的放縱，要求自己別再繼續碰那飲品，他努力的想要克制、想要挽回那份開始產生裂痕的親情，他嘗試讓自己不再去碰酒，買了蛋糕和禮物回家，看著孩子們猶豫上前，看見女兒小心翼翼的從他手上接過禮物……

但就在兒子來到他面前時，看著那張與妻子越來越相似的臉龐，他又想起了當初在醫院的畫面，最後他還是無法忍住那股椎心的痛，無法克制那股湧現的失去慌恐，把在他眼裡是美好幸福的物品破壞殆盡；而看著孩子眼裡比過往更驚恐的畏懼，他無法控制的把那股快要將他胸口穿出一個洞的苦楚發洩在孩子們身上。

為什麼要如此畏懼他？明明以前都不會害怕的呀，他們到底在怕什麼！他是他們的父親，他們到底在怕些什麼！

如此畏懼的他們，總有一天會不會也離開他？

要是再失去的話，他根本沒辦法承受，尤其是與妻子越來越相像的兒子……

他絕對不能再失去這重新獲得的「妻子」。

家，不知何時變得殘破不堪，四處都是酒罐垃圾與逞凶肆虐的痕跡。他坐在沙發上，將臉埋進掌心裡。

當他意識到的時候，孩子們已經不在這個家了。

不知道是什麼時候離開的，大概是半夜的時候偷偷離家出走了，為了減輕行李的重量，他們只帶走了幾件輕便衣物，又或許是為了不讓他發現而做的隱瞞。

「啊……無所謂……反正我也不想管了，我真的好累好累……」

心的地方如果不再麻痺的話，他會痛到受不了的……

他急忙的回到房裡想翻出一點買酒的零錢，打開抽屜、掃落床頭櫃的物品，在散亂的雜物堆裡，一張照片從書中的夾頁落出。

他不自覺的停下動作，目光緊鎖在照片上，那張女兒上小學時一家人特地在學校門口留念合影的紀念照——藍天白雲、漂亮的青翠樹木，四個人臉上都掛著幸福的笑容。

直到此刻，他才回想起這個家原本的面貌：各處乾淨整齊、溫馨幸福，只要他一回家，妻子就會從廚房探出身影，兒子和女兒也會朝他跑來往他身上撲抱，然後一家人開心的笑著。

心的地方又開始隱隱作痛，他只能抓著胸口重新站起，看著雜亂無章的房間、客廳、廚房，沒有過往的整潔明亮，只有令人卻步的鬱黑。

他終於想起孩子們臉上的膽怯是為何，他明明就看見了啊……從那雙眼裡倒映著的是如同猛獸般對他們施暴的自己，拿著棍子對他們揮下一棍又一棍、拿著手邊的物品擲扔向他們、無視兒子的驚恐將他壓制在地……那個宣洩咆哮、無法受控的「父親」。

他痛恨自己為什麼無法控制自己的情緒，用酒精來麻痺自己的思緒，讓他無法受控的做下這些暴行。

他慌張的衝出家門，四周是面露訝異的鄰居，但他看不見那些人，他只想把孩子們找回來。

他赤腳跑了許久，卻還是找不到孩子們的身影，最後他只能屈膝蹲在地上，抱著自己無助的哭泣。

自己的公司因為不善經營而倒閉了，多年來他徘徊在街頭，只為了能夠重新找回他失去的親人。每當看見相似的身影，他就會忍不住上前詢看，而看到那些相互牽著手幸福逛街的一家人，就會別過頭不願去看。

夏天的天氣令人感到炙熱，他只能用袖子抹著汗繼續四處探訪。走出詢問卻無所獲的店家，他抿了抿脣，正要轉身離開時，對面唱片行外的玻璃窗所貼的海報讓他的目光一瞬間呆愣，雙腳下意識的奔跑起來，等他回神時，他才發現自己已經過了馬路、站在那張海報前。

海報是一家大型經紀公司正在主打的新人歌手，那是一名留有銅紅及肩短髮的少年，少年的面容精緻如陶瓷，碧綠的眼眸輕垂，身上穿著一件華麗的白色服飾，身後則是星光光輝的明亮背景圖。

這張臉……和他死去妻子一模一樣的臉……

視線向下移，他看見了海報上印製的宣傳字體，忍不住輕聲喃喃：「科斯特……？」

他離家多年的孩子，他從未想過會用這種方式見面，他想現在就去找他，但是剛邁步卻又停下了。

科斯特已經擁有了新的生活，他不會想要見到他這個曾經如此傷害他的父親吧？而現在的他……

他低頭看著自己身上的破舊服飾，玻璃窗上倒映著他落魄狼狽的模樣，他垂下了肩膀。

現在的他又有什麼資格去見他？

擁有光鮮亮麗生活的兒子真的和他差太多了，現在的他根本什麼都給不起。

一對夫妻牽著剛放學的孩子從他身旁走過，看著那一家三口，他下了決定。

縱使明白自己沒那份資格，但他還是很想要重新回到過往那一家團聚的時光，就算兒子不肯原諒他也沒關係，至少……至少讓他有那份資格到他面前，讓他有個機會可以嘗試著去挽回。

他看著四處堆積著垃圾、陰灰髒亂的客廳，在深吸一口氣之後，他捲起袖子開始整理。

將空瓶酒罐一一放進垃圾袋。

拿著久違的掃具清理各處的灰塵。

拿著抹布擦拭掉桌上的髒汙。

將四處散落的物品重新擺回原位。

將一家人的合照重新擺放回客廳的置物櫃上，他走到落地窗前，雙手一拉，刷的一聲，窗簾從中拉開，陽光透進室內趕走原有的黑暗。與之前不同，屋內變得乾淨整齊。

看著與記憶中的影像開始逐漸重疊的家，眼睛有些酸澀，但這次就算再感到心痛，他也未再觸碰那過往用來麻痺自己的飲品。

他想要好好抓住這次的機會，他想要一家重新團圓。

然後他找到了一份便利商店正職日班的工作，工作內容很繁雜：搬貨、整貨、清點商品、打掃、結帳、記錄……等，各式各樣的雜務有時候會讓人忙到暈頭轉向，薪水也不比過往在公司賺得多，但他樂在其中。

因為只要想著再努力一點就能抓住那份與孩子們重新見面的資格，不管再怎麼樣的辛苦他都可以忍受。過往他未能為孩子們所做的一切，他想要重新彌補。

不知不覺已經過了一年，他終於鼓起勇氣決定在今天去與孩子們重新見面，所以他特地向商店請了假，在家裡翻找許久卻翻不出一件新衣服，只能拿起衣櫥裡算是最好的風衣穿上。

來到客廳，他跪坐在放置妻子照片的龕櫃前，點了一炷短香，誠心祈禱希望今天的遠行能夠一切順利。隨後他拿起報紙，看著上面的報導——兒子接下了一部戲劇男主角的角色，並且將在明天於A市的某處進行拍攝作業。

這是他唯一能見到兒子的機會，他必須把握。

他握緊鑰匙與早已買好的車票，回頭再望那乾淨整潔的家一眼。

「希望……能夠回來，這樣的家……希望能夠獲得他們的原諒……」

深深的吸了一口氣，他上前打開家門，離開了家，準備前往遠處的城市與久違的兒子、女兒見面。

只是此時的他還不知道，他好不容易鼓起勇氣前往，但所見卻超越他所想。當他與孩子真正見面的時候，卻是令他清楚的看見自己過往的錯誤作為，讓他發現自己有多麼的無法原諒。

番外　【亞密】錯誤的愛　完

▶▶Loading...

番外

【夜景項】緣分

夜裡，雨水滴滴答答的落下，行人撐傘來往。

路燈與店家的燈光倒映在水漬上，發出模糊卻又晰亮的光芒。

帶著溼重褲管的步伐踩過水漬，漣漪讓那光芒一瞬間震盪掩暗。

他穿梭在來往路人之間，雨水淋溼了未用傘遮掩的頭髮與西裝，腦海迴盪的是剛剛在醫院裡那名女性友人家長的責怪與男性友人不諒解的憤怒咆哮。

思緒還停留在意外發生時的混亂——少女被車子正面撞擊倒在血泊裡的畫面。

他完全不懂為什麼事情會變成這樣。

握緊了口袋中的項鍊，遍布全身的是一股沁盡心底的寒，讓他不自覺的發抖。

他無法克制，卻也不知道該怎麼讓自己停下步伐。

不知不覺走了許久的路，或許很長，或許才剛幾百公尺，但他沒辦法去感受時間的流動，心裡很想很想大喊宣洩卻又沒有開口的力氣。

到底是為什麼他非得面臨這種處境不可？他真的無法理解。

細碎的吵雜聲從旁傳來，他轉頭望去，看見的是一條只靠著微弱燈光照明的小巷道。

「唔……」

某種像是被蒙住的低唔從巷道深處傳來，雖然與雨聲交雜，但卻清楚的傳進他耳裡。

——是動物吧……

他本想離去，只是沒想到那聲音又斷斷續續的傳來，沒來由的，心裡浮現一絲怪異，腳步也不自覺的被牽引走進暗巷裡。

跨過翻倒在地的垃圾桶，燈光隨著雨水縹緲閃爍，當他踏出巷弄來到建築後方的空地時，才發現正有幾個人糾纏在一起，似乎在爭執，但又不太對勁。

剛剛的低唔再次從人群裡傳來，他視線向下移落，才發現那群人並不是在爭執，而是一個人被三個人制壓住行動，他看見處於壓制地位的男子正在拉扯下方人的衣物，侵略性的犯罪行為終於讓他回過了神。

眼前的犯罪行為與混亂的思緒讓他怒火中燒，他奔跑上前就朝那正在拉扯底下人衣物的男子賞了一拳，在男子摔往旁邊、其他兩名同夥前去攙扶時，他趕緊脫下身上的西裝外套蓋在那被掀起衣物的人身上。

「穿好衣服，離開這裡。」

那人慌張爬起拉好衣物，那身穿著讓他明白對方是名年輕的少年，雨水與昏暗的燈光雖然讓他無法看清少年的臉，但他卻能明顯感覺到對方身上傳來的顫抖與恐懼。如果他剛剛直接選擇離去而未進入小巷探究，那麼現在這個人早已……

——垃圾！

憤怒的瞪著正靠著兩人攙扶、狼狽從地上爬起的男子，他向身後的人低喊了聲：「快走。」

沒多久，身後傳來了遠去的跑步聲。

他回頭看，只見一道纖細的背影在暗巷裡逐漸遠去，隱隱透著的光線讓他看見在雨中因水而反光的紅彩髮絲。

看了眼放置在地面的西裝外套，他將視線重新移回前方的三人身上。

「竟敢破壞我的好事……」

男子表情扭曲的怒喊著幾句難聽的叫罵，看起來剛剛的舉動應該是早有預謀。

——真是個人渣！

怒火由心中竄燒蔓延，與剛剛親眼見到女性友人衝向車道被車子正面撞擊、女性友人的家長對他不諒解的指責、男性友人對他憤怒咆哮並將他趕離醫院的畫面摻揉。如果是平常，他想他應該不會繼續待在這裡等著起衝突，但現在他卻無法控制自己的手腳。

看著朝自己衝來的三名男子，在意識到之前，他的拳頭已經正面擊中那些人的臉與腹部，用粗魯的方式放倒三人。

耳邊響起的是自己無法控制的憤怒大吼：「你們該為自己的行為付出代價！」

雨水在一陣滂沱之後逐漸轉小，毛毛雨宛如絲線般降下，要豎耳細聽才能聽見雨聲。

看著被腳印踩得狼狽泥濘的空地，還有相互攙扶著、一跛一跛緩慢逃走的三人，他身子向後傾，跌坐在地。

手指的關節傳來幾乎快發麻的疼痛，抬手一看，他才發現雙手的指關節全是紅腫痕跡，有些地方還破皮滲血。

——打人一點也不輕鬆呢。

腦海裡冒出的想法讓他輕笑出聲，卻也在下一秒轉為苦澀的沉默。

水滴從髮絲尾端滴墜落地，他將臉埋進雙掌裡。

「這樣，能不能稍稍的被原諒？」

他並不是想當英雄，只是想阻止傷害的鑄成。

或許也摻有一絲這樣的想法，如果他在打鬥中受了與女性友人同等的重傷，那麼能不能稍稍獲得原諒？

只是最後，他還是選擇讓自己存活的道路，他沒辦法不還手的任由對方攻擊。

「真是自私呢，我。」

他抬頭眺望建築的邊頂，看著毛毛細雨逐漸停歇。

深吸一口氣，冰冷的氣息讓他聳了聳酸澀的鼻子，然後他起身走向那被放置在地的西裝外套，將外套從地上拿起。

不自覺的望向巷道，那在光線下隱隱反光的髮絲似乎還殘留眼底……

▲▲▲◎▼▼▼

「導演，夜導演。」

輕微的搖晃讓夜景項睜開緊閉的眼，拿下蓋在臉上充當眼罩的雜誌，打了個哈欠。

剛剛似乎做了個夢，不過一醒來就不記得內容了，無論他如何思考就是想不出一個頭緒，沒辦法之下他只能放棄追尋夢的內容。

夜景項瞧向身旁的女子，詢問：「結果怎麼樣？」

女子趕緊將放置於自己面前的電腦移到夜景項前方的桌面，道：「按照您的吩咐，符合《月華夜》角色定位形象的所有人選資料我已經傳到您的電腦上了。」

「嗯。」

夜景項仔細看了一下，找到放置於桌面的文件，打開來看，也順手拿起桌邊的遙控器按下電視的開關。

一邊聽著新聞播報，一邊翻看資料，夜景項對於自己能一心多用的技巧相當自豪。

——至少這樣挺省時的，足以一邊工作、一邊了解時事。

眼簾閃過一名名男女的基本資料及照片，突然，點閱的動作停在某頁——照片裡是一名留有漂亮法拉捲髮的紫眼少女，名字欄上則是寫著「薇薇安．密索」。

「真是可愛的孩子呢，我看看……」閱讀資料裡填寫的經歷，夜景項露出意外的笑，「真意外，沒想到是童星出身。」

身為影劇導演，一直以來他採用的皆是素人，若是讓這孩子來當女主角，該怎麼說呢……像是有種打破他既往規矩的感覺。但沒來由的，他覺得《月華夜》的女主角讓薇薇安來擔任卻是最適合不過，不過如果薇薇安是女主角的話，那麼男主角又該選誰呢？

拇指摩娑著嘴脣，夜景項背部向後靠上沙發椅背，閉眼思考著。

電視傳來了一陣音樂與歌聲，男女莫辨的嗓音吸引了夜景項的注意。

夜景項抬頭看去，只見電視上正在播報一段新聞剪裁的話題影像，影像拉近的鏡頭可見滿是人的演唱會現場，以及站在舞台上高聲歌唱的少年，那頭紅色編髮讓夜景項像是想到什麼般的瞇起眼。

——很眼熟，這色彩。

努力的想要去捕捉那一點訊息，可惜卻毫無所獲。

然後，少年碧色的眼眸透過電視機與夜景項對上。如同寶石般的雙眼擁有純粹的色調，卻藏著看不透底的深沉。

那雙眼雖然在看，卻也不像在看——視線宛如穿透群眾去望向某處的目標。

即便如此，仍也不減從少年眼裡散發出的魅力。

對於越是看不透的人，他就越想要去探尋。

——讓我很有興趣呢，這個人。

夜景項踏地站起，向女子吩咐道：「艾薇，立刻幫我整理出那個人的資料。」

女子順著夜景項的視線望去，看著電視正播放的新聞，愣愣道：「科斯特．桑納？」

「對，沒錯。」夜景項雙手插進口袋，似笑非笑的宣布：「我要採用他為《月華夜》的男主角。」

他有預感，如果將這顆寶石好好琢磨，說不定會大放光彩。

此時他尚未察覺，兩人的緣分並不是從此刻開始，也不是拍攝完電影之後就結束。

當未來的某一天，他想起時就會發現，是從更早的時刻，他遺忘的回憶裡便已成就。

而這份緣，則會延續至更久更久……

番外　【夜景項】緣分　完

《幻魔降世06奇蹟再現．你找到寶藏了嗎？》完

敬請期待《幻魔降世07》精采完結篇！

novel M.貓子
illust 麻先みち
全套六集，全國各大書店、
網路書店、租書店，持續熱賣中！
松雅記事 系列
我家門前有狐仙
家教狐仙扮神探
狐仙愛的京都畫遊
愛與正義的狐仙
純情女友俏狐仙
狐仙幸福我來顧
動物或妖怪報恩的故事，大家都耳熟能詳，
但是……「緊狐仙報恩」是哪招？
當冷面毒舌店長 遇上 天然純(蠢)真小狐仙
人類與狐仙纏綿悱惻的愛戀……
——不、不對！是人類被狐仙拐騙當助手當男傭當飼主啊啊啊！(╬￣皿￣)
典藏閣
華文聯合出版平台
www.book4u.com.tw
采舍國際
www.silkbook.com
不思議工作室_
立即搜尋
版權所有© Copyright 2015

殭屍王妃
NOVEL
偽裝的魚
水々
ILLUST
末世殭屍貓娘 × 抖S美人王爺
喵～～貓娘「嫁」到！
典藏閣
華文聯合出版平台
www.book4u.com.tw
采舍國際
www.silkbook.com
不思議工作室_
立即搜尋
版權所有© Copyright 2015

召喚是麻煩的開始
summoner
[Story of Science Geek]
paragraph LIN, WEN
The summon
is the beginning of trouble
召喚師物語
林文篇
烏巢 NOVEL
ILLUST RURU
召喚學 阿宅教授 + 下剋上 惡魔女僕！
攜手挑戰尋神任務！
關係人間命運的大任居然交到學術宅男手上？
而他的隊友不但不幫忙，還一直在扯後腿啊！
典藏閣
華文聯合出版平台
www.book4u.com.tw
采舍國際
www.silkbook.com
不思議工作室
立即搜尋
版權所有© Copyright 2015

飛小說系列132

幻魔降世06

奇蹟再現・你找到寶藏了嗎？

飛小說。We Love Easyfly.

出版者■典藏閣
作　者■蒼漓　繪　者■touko
總編輯■歐綾纖　人設原案■生鮮P

製作團隊■不思議工作室

郵撥帳號■50017206采舍國際有限公司（郵撥購買，請另付一成郵資）
台灣出版中心■新北市中和區中山路2段366巷10號10樓
電　話■(02)2248-7896　傳　真■(02)2248-7758
物流中心■新北市中和區中山路2段366巷10號3樓
電　話■(02)8245-8786　傳　真■(02)8245-8718
ISBN■978-986-271-608-3
出版日期■2015年6月

全球華文國際市場總代理／采舍國際
地　址■新北市中和區中山路2段366巷10號3樓
電　話■(02)8245-8786　傳　真■(02)8245-8718

新絲路網路書店
地　址■新北市中和區中山路2段366巷10號10樓
網　址■www.silkbook.com
電　話■(02)8245-9896
傳　真■(02)8245-8819

☞您在什麼地方購買本書？☜

1. 便利商店（______市／縣）：☐7-11　☐全家　☐萊爾富　☐其他__________

2. 網路書店：☐新絲路　☐博客來　☐金石堂　☐其他________

3. 書店（______市／縣）：☐金石堂　☐蛙蛙書店　☐安利美特animate　☐其他____

姓名：__________地址：____________________________________

聯絡電話：__________電子郵箱：______________________________

您的性別：☐男　☐女　　　您的生日：__________年__________月__________日

（請務必填妥基本資料，以利贈品寄送）

您的職業：☐上班族　☐學生　☐服務業　☐軍警公教　☐資訊業　☐娛樂相關產業

☐自由業　☐其他__________

您的學歷：☐高中（含高中以下）　☐專科、大學　☐研究所以上

☞購買前☜

您從何處得知本書：☐逛書店　☐網路廣告（網站：__________）　☐親友介紹

（可複選）　☐出版書訊　☐銷售人員推薦　☐其他______________

本書吸引您的原因：☐書名很好　☐封面精美　☐書腰文字　☐封底文字　☐欣賞作家

（可複選）　☐喜歡畫家　☐價格合理　☐題材有趣　☐廣告印象深刻

☐其他______________

☞購買後☜

您滿意的部份：☐書名　☐封面　☐故事內容　☐版面編排　☐價格　☐贈品

（可複選）　☐其他

不滿意的部份：☐書名　☐封面　☐故事內容　☐版面編排　☐價格　☐贈品

（可複選）　☐其他

您對本書以及典藏閣的建議__________________________________

____

____

✌未來您是否願意收到相關書訊？☐是　☐否

✎感謝您寶貴的意見✎

印刷品

$3.5
請貼
3.5元
郵票
不思議信箱
FUSIGI POST

235 新北市中和區中山路二段366巷10號10樓
華文網出版集團 收
（典藏閣－不思議工作室）

奇蹟再現，你找到寶藏了嗎？

幻魔降世

Create Dream Online 06